U0125274

1999—

2002

旺 忘 望 的 设 计

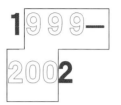

总序

主编

杭　间：清华大学美术学院艺术史论系主任、原中央工艺美术学院《装饰》杂志主编、博士生导师　**张晓凌：中国艺术研究院研究员、美研所副所长、博士生导师**

21世纪将是艺术设计的时代——这句话的预言和占卜性越来越为它的现实性所取代。的确，艺术设计正日益成为我们生活不可分割的一部分。环境艺术、服装、书籍、广告乃至各类工业品无一不诞生在设计理性的温床上。可以说，不经过设计理性洗礼的社会是不能称之为现代社会的。艺术设计的核心是理性，但本质却是人性，目的是为让人类在大地上“诗意地栖居”。从这个意义上讲，艺术设计师的创造性劳动远远超越了其职业的范畴，它不仅是我们日常生活方式的决策者之一，而且，在某种程度上，它甚至影响了我们的思维、想象力、生活情趣以及价值观。这就是我们设计师为主体来编撰这套丛书的理由。■中国之所以产生自己的著名设计师，和几代设计家的努力奋斗，并由此形成的优良传统是分不开的。建国初期，中国由一些成就卓越的美术设计家和工艺美术家组成了第一代设计师队伍。正是由于他们在设计创作上筚路蓝缕、辛勤工作，才奠定了中国艺术设计的基础。其后，他们培养出的学生和留学回国的设计家们合流为中国设计队伍的主力。在这个阶段，艺术设计已成为艺术教育的主要学科，同时，它还积极参与了国家的经济建设和意识形态生活。改革开放后，第三代设计师登上设计舞台。他们或从欧美留学归来，带回先进的设计理念和技术；或毕业于国内高等院校，对本土文化经验和设计价值观有着独特的认识，而市场经济的空前繁荣则给他们提供了广阔的设计空间和机遇。由此，艺术设计的一系列新的特征应运而生：和国际接轨的工作室体制，丰富的信息和图象资源积累，全新的设计思想与价值观，多元化的风格与个性，多样化、多层次的表现手法与技巧，以及令人赞叹的高工艺和高技术。这一代设计家真是生逢其时。经过十几年的积累，他们中的佼佼者已脱颖而出，成为有影响力的设计家。本套丛书旨在展示他们近年来的著名作品和卓越成果，并以此为基点进一步检视中国艺术设计的整体性成就，估量艺术设计在当下经济和精神生活中的位置与价值。■本套丛书对设计家的选编标准很简单，即，入选者均是国内一流的设计家。何谓一流？在我们看来，它首先指设计家所具有的一流的学术水准——性格鲜明的设计风格，机杼独出的艺术设计理念，以及作品中表现出来的浓厚的人文含义等等；其次，它还指设计家作品对经济生活所产生的重要作用。在市场社会主义时代，真正成功的艺术设计作品不可能诞生在市场之外；第三，一流的含义也同时包括设计家在社会和业内的影响力。入选的设计家都是不同设计领域中的学术带头人，他们的学术水准基本上反映出在专业的最高学术水准，因而影响巨大。■本套丛书另一个重要价值是它的文献性。丛书翔实记录了每个设计家的奋斗足迹，从艺术设计观念到作品的风格追求，从作品的构思到作品的最终成型，从设计创作体会到设计现状的价值判断，从设计语言到工艺、技术的把握，均娓娓道来，舒卷自然。人们可以在其中领略设计家们的内心世界和设计智慧。丛书以此为当代和后代留下了一部值得信赖的艺术设计文本。■在新世纪，中国设计家们将面临新的挑战。如何在吸收西方现代优秀设计成果，继承和发扬中国的设计传统，有效地调动和利用本土文化资源的基础上，创建出中国的当代设计话语体系，将是设计家们需要解决的课题。我们坚信，经过设计家们的奋斗，中国的艺术设计体系将会自立于世界设计艺术之林。★

杭间　张晓凌

雪中曲——贺旺忘望新专辑出版

崔健

雪天　雪地　雪花
它慢慢的不再刺激
北风吹进我的梦里
我没有醒　也没有恐惧

兰天　草地　野花
它慢慢的失去了美丽
北风吹起了我的醉意
我不愿醒　也不愿放弃

（副歌）
别问我为什么
别试着叫醒我
等我做完这个梦
等我唱完这首歌

做设计师是很辛苦的

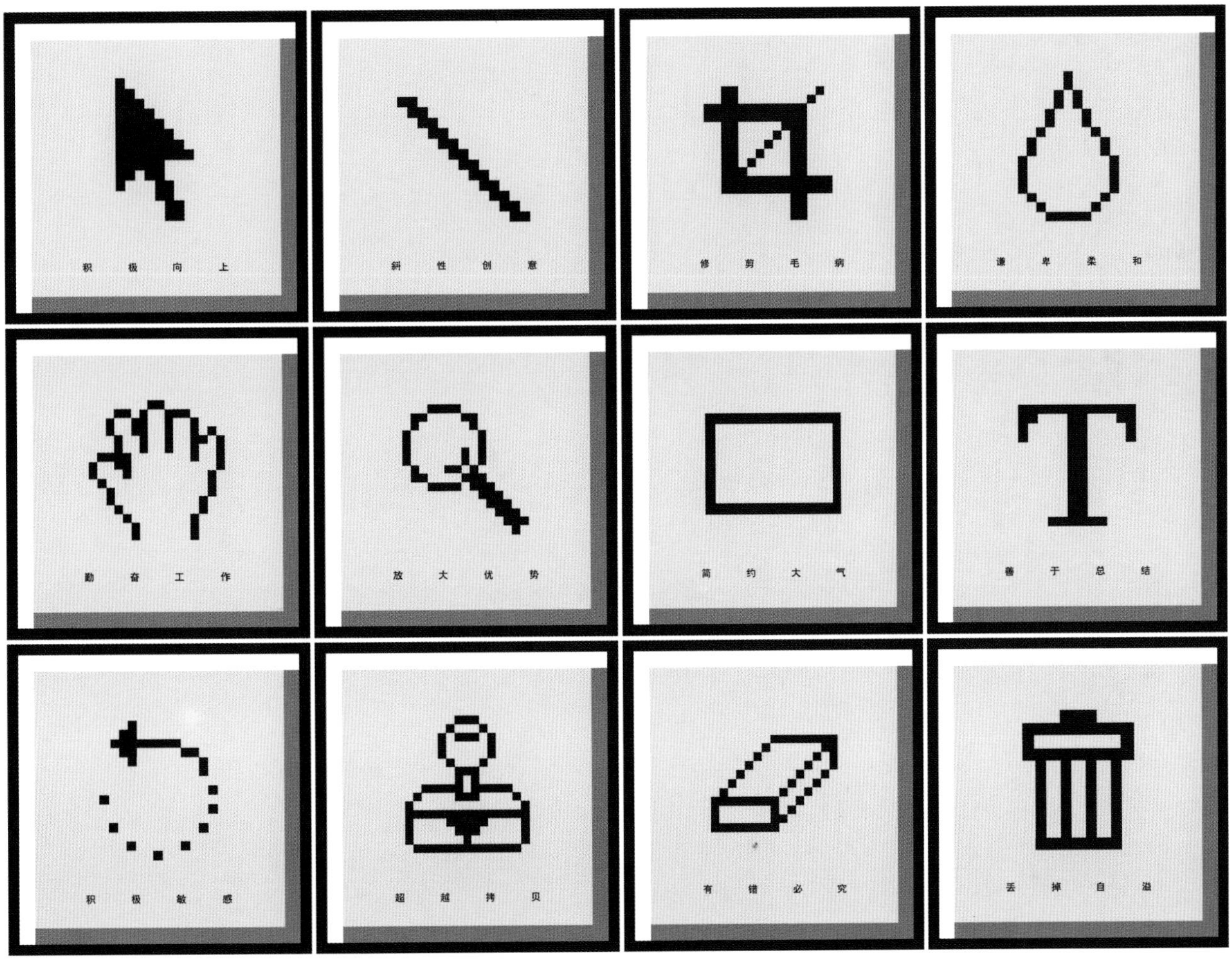
积极向上
斜性创意
修剪毛病
谦卑柔和
勤奋工作
放大优势
简约大气
善于总结
积极敏感
超越拷贝
有错必究
丢掉自溢

目
录

目录

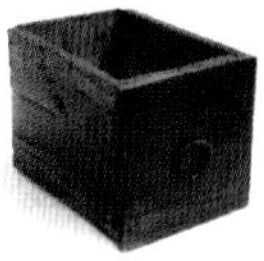

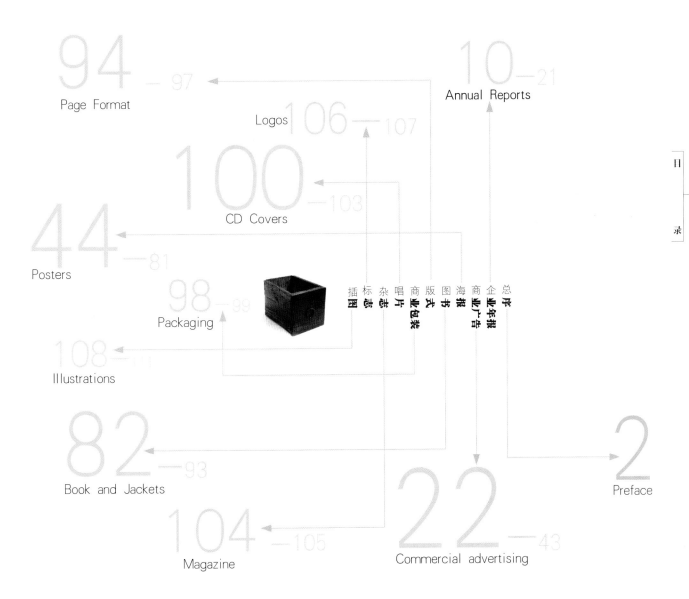

评论文章目录

感谢父母、爱人和朋友们。

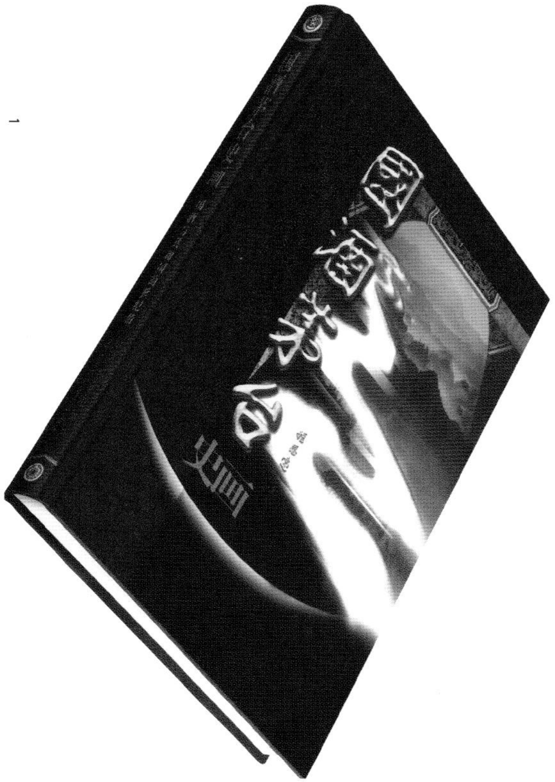

1

2

1 中国茅台酒厂宣传画册
2 中国北方工业总公司宣传画册

艺术与图象——读旺忘望平面设计作品 陈丹青

平面设计圈内外，旺忘望算是一条好汉。开眼看去，他与文学顽主王朔、摇滚英雄崔健、新锐导演贾樟柯、舞台实验师孟京辉、“不合作”者艾未未，加上啸聚通县宋庄的在野艺术众弟兄……都是当今文艺江湖上因缘际会的弄潮儿。只是偌大的中国，这样鲜蹦活跳的角色还嫌太少，他们的所作所为，是何意义，做甚评价，也还要等若干岁月后才可能更显得清晰，更能给点到痛痒之处。■单说“平面设计”这一行，人才多，器材新，生意火爆，可是设计家的定位，尤其“设计”与“艺术”的文化关系，仍是语焉不详。市面上种种“设计理论”并不回应这类问题，本土设计家先得把握的，恐怕还是角色的自我确认。■在中国，“设计艺术”的“艺术”二字，不过是修饰词，与“纯艺术”的那个“纯”字，至今俨然有隔——回国开眼，我发现不少设计家在所谓“纯艺术家”面前，准确地说，在“纯艺术”这个莫名其妙的字眼前面，自甘低人一等，他们递过名片，语气先自谦卑，十之七八还会添这么一句话：我以前也是学画画的。■旺忘望同志从未说过类似的话。据我所知，他对自己的设计又自信，又满意。可是问题来了：忘望还是牵念于“画画”这挡子事。他说，他退休后最想做的事就是携带眷侣去“写生”；但要给他重新选择职业呢？他最向往的却是当导演，拍电影——听忘望的意思，莫非比起绘画与电影，“设计”还不够“艺术”么？■这是很有意思的情结。今夏纽约哥根汉美术馆推出的大展MOVING PICTUERS（“活动图象”），至今仍未闭幕，其中三分之一作品是“电影”，但不是所谓“录像艺术”，更不是电影院里的电影；而该展被统称为PICTUERS的所有作品，没有一件是忘望想要“写生”的“画”，也即英文的PAINTING——到底算是什么作品呢？一件件介绍，说不过来，借助该展的扼要说明，那是“战后视觉文化发生的重大范型转变”，是“艺术家转向那些在互不相关的类别——大众文化与高雅艺术，技术与文化——之间架设桥梁的媒介”后，以“可复制”技术所做的大量实践。要言之，在欧美艺坛，“图象”，也即以高科技制作的种种PICTUER，乃是当今时代西方顶顶前沿而活跃的新潮流。■但是所有参展者不是导演，不是画家。以我对该展作品的技术解读与创意的认知，他们个个精通电脑上的“平面设计”：那是图象制作的先决条件——他们，乃是一群西方当代艺术出炉未久的“新新人类”。■自然，西方的新花样并不非得效仿追随，我们的导演与画家群自有太多在本土远未做透的事。可是忘望从事的行当却是“当令”的“时髦”，是近二十年西方图像文化与科技革命的标准“泊来品”。只是他身在国中，一时不很清楚外间的风雨，意识中难免残留着圈子里外对于“纯艺术”以误为正的“单相思”——他的双份宏愿应该这样解读：“绘画”，本来是所有图象的“原始记忆”；“电影”，则纯属视觉艺术家的“白日梦”。在这两端之间，“平面设计”才是忘望真正的位置，他安于自己的位置吗？■“设计家”与“画家”，在当代西方无分高下

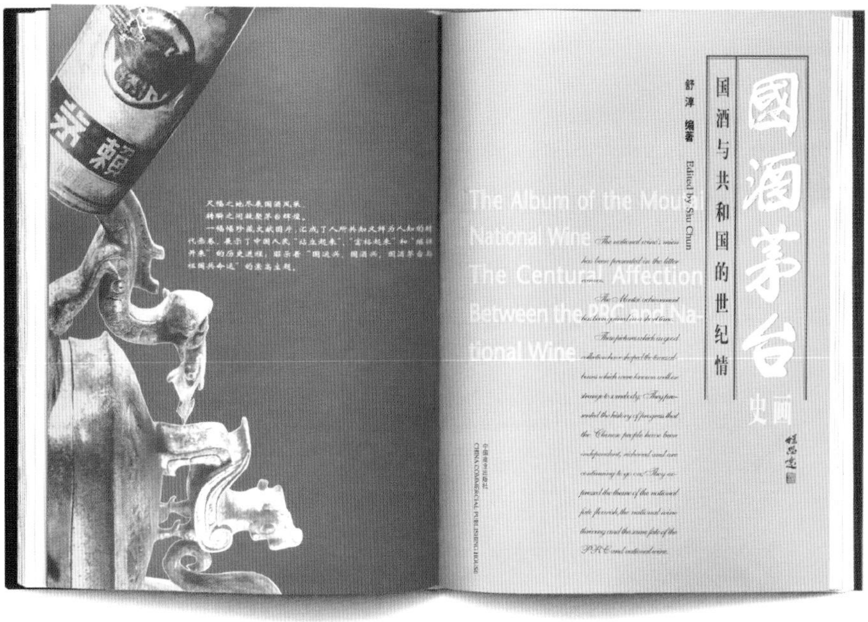

1

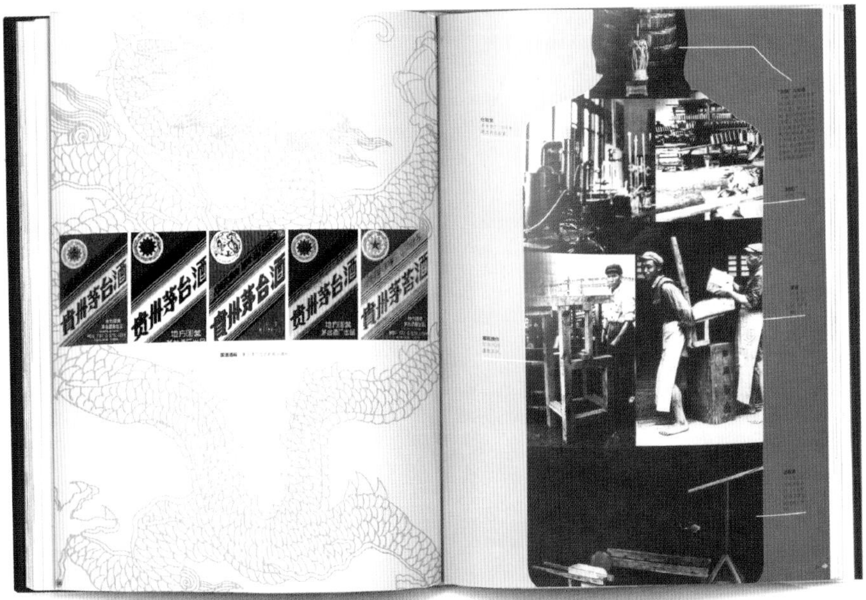

2

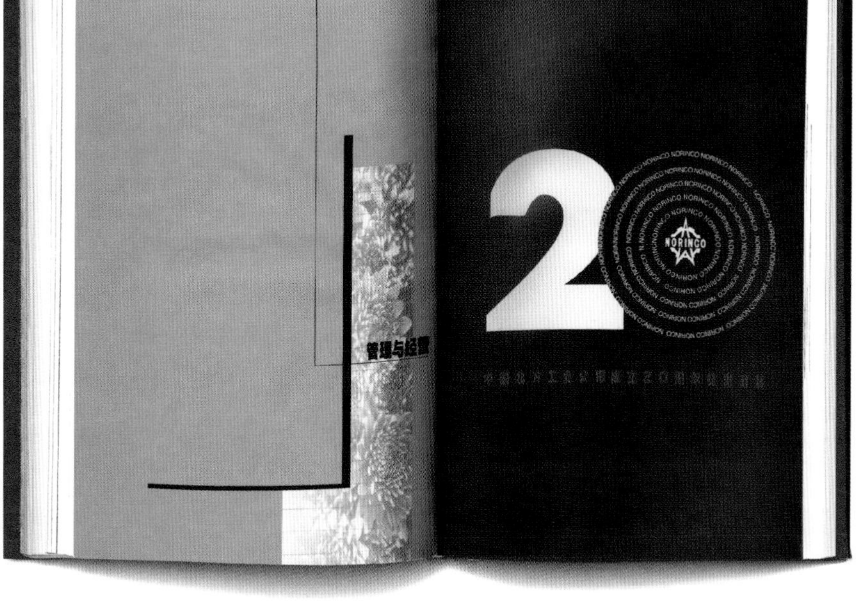

3

1 中国茅台酒厂宣传画册版式

2 中国茅台酒厂宣传画册版式

3 中国北方工业总公司宣传画册版式

端看作品，在中国，则芜杂的“绘画”与新兴的“设计”，仍以不同“行业”划界限而定尊卑——不消说，忘望的“职称”是“平面设计家”，但他的创作理念与想象力，犹胜于多数“画家”，他所做的事情，其实与西方当代热乎乎的多媒体艺术息息相通，我宁可称他为“制造图象的人”。■ 机器复制时代已历百年，“视觉艺术”与我们的“观看经验”经历了深刻的蜕变。今日绘画，连同绘画的尊贵，均告没落了。但是人眼对“图象”贪餍无尽，并借助别样的媒材与技术来制造新的“画面”——普普运动以来，一整套影像器械和复制技术，早已兼备当代视觉艺术的制作手段与创作观念，同架上绘画“平起平坐”，至少“同室操戈”了。摄影机，摄像机，以及无所不能的电脑与数码复印机，渐次构成所谓“多媒体艺术”的超级“硬件”，其“产品”虽然繁杂，但与传统绘画一样，无不归结为“图象”，而所有 PICTUER 都是“平面”的。■今天，我们或许可以将任何“图象”统统视为“绘画”的“来世”与“替身”——从广告、海报、书籍封面及各种图象制品，到前述现代美术馆展出的《活动图象》——二十世纪视觉艺术的一连串革命，说来简单，其实就是从“绘画”PAINTING 到“图象”PICTUER 的渐次蜕变，有形无形中，也就是“画家”到“图象制作者”角色转换的戏剧性过程。■至此，所谓“画家”与“设计家”不分职业职能的尊卑——今日西方绘画并不如我们一知半解的那样，为“观念艺术”所断送，实际的情形，是“图象文化”持续冲击，以至公然改篡着“绘画”的“种性”。早先，是大众图像、商业设计（如广告与时装）启示了普普艺术，继而追逐其影响，如今，高度成熟的大众图像与商业设计则反过来影响，进而全方位制约着当代画家的图式与想象。欧洲最严肃的艺术家也清醒面对视觉文化的改朝换代：年初，纽约另一项倍受瞩目的大展主角李希特即坦然宣称：“我不是将摄影用作绘画的工具，而是以绘画作为摄影的工具”——“摄影”，是二十世纪图像文化的滥觞，李希特指认的事态，在很久以前就已经是这样了。■剩下的问题是：所有“图象”都是“艺术”吗？■可以是，也可以不是。拙劣的绘画并不因其是“绘画”而等同“艺术”，出色的“图象”，则犹胜于绘画，以至无须指称为“绘画”。即便坚守绘画，自称是“美的信仰者”如李希特，其作品也仅在材料与技法上是“绘画”的，而他的“画面”悉数根植于“图像”。他与培根和佛罗依德之流都是欧洲架上绘画坚忍卓绝的“唐·吉珂

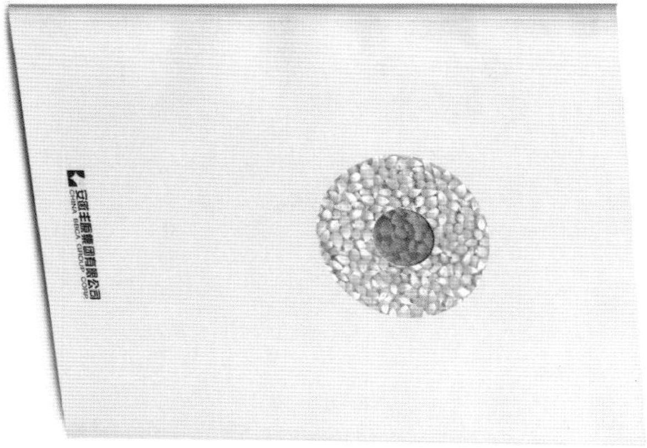

1

2

3

1 安徽丰原集团宣传画册
2 安徽国风集团宣传画册
3 弘通大厦项目书

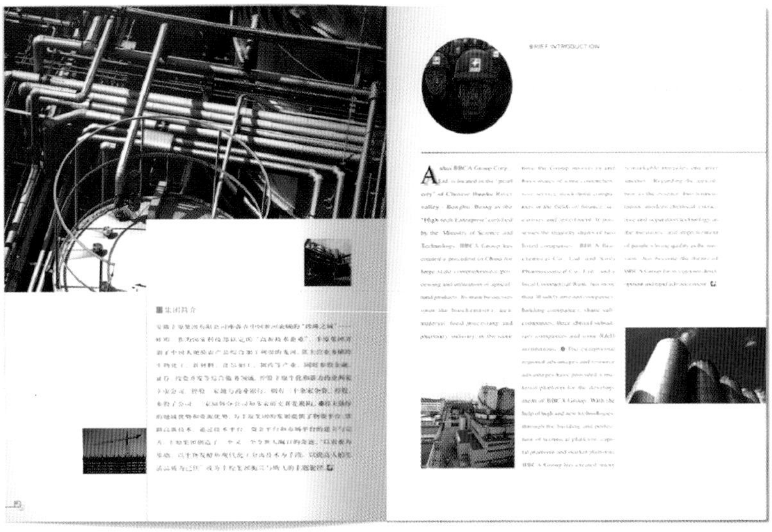

1

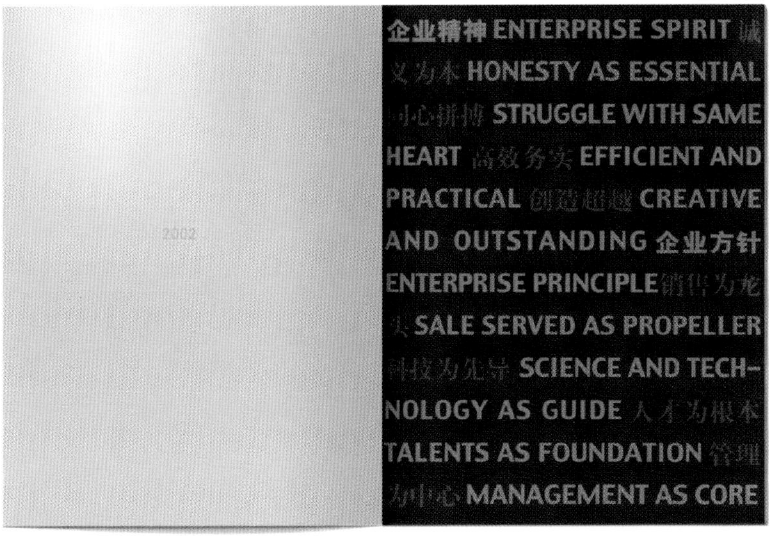

2

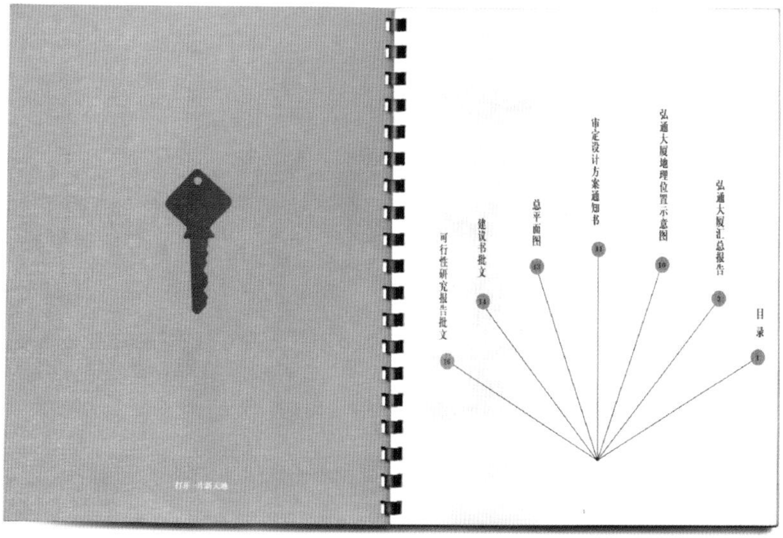

3

1 安徽丰原集团宣传画册版式

2 安徽国风集团宣传画册版式

3 弘通大厦项目书版式

德”，但他们的影响与革命性，又岂能与沃霍尤其是杜尚较量——我们应该记得，杜尚与沃霍原是画插图出身，根本不是，也不在乎自己是不是一位“纯艺术家”。■闲话少说，还是回到北京的设计家忘望同志吧——我猜，眼下他不会真的改行拍电影，退休后，更不见得提着油画箱四处去写生。为什么呢，因为他已经在电脑屏幕上无所不“画”，过足“画”瘾。他的“毛泽东系列”与“雷锋”海报是出色的图象游戏，较之油画布上的“政治波普”更有说服力，更为愉悦、放肆而自由；他还在平面设计中一再享受影像穿插与镜头剪裁的快感，如果没有电影文化所给予的无限可能，他恐怕只是个平庸的设计家。而今他的创作主题犹较电影与绘画更为广泛，直探当今时代各个敏感“部位”：严肃或流行文化、商业或政治符号，均以各自的“面相”在他的平面图象中咄咄逼人，神采飞扬……前述文艺江湖弄潮儿都去他的设计所找他，王朔甚至请他在《无知者无畏》的封面上任意“玩弄”自己的脑袋，结果被忘望贴印在一件晾在风中的T恤上，无肩无颈，肆无忌惮瞪着所有人。■旺忘望同志设计的成百上千幅“图象”无须评价。目前，他的“业务范围”尚属应用范畴的“平面设计”，但它们自会提醒读者的眼睛：图象制作无所不包，无所不能。我们时代的想象力在画家那里是有限的——未来，所谓“设计”、“绘画”与“电影”这些字眼恐怕都会失去传统的指称对象。忘望与“绘画”不如“相忘于江湖”，因为“图象文化”在中国方兴未艾：每一位平面设计家都应该放纵野心，将自己看成是前景无量的艺术家。★ 2002年11月1日

1

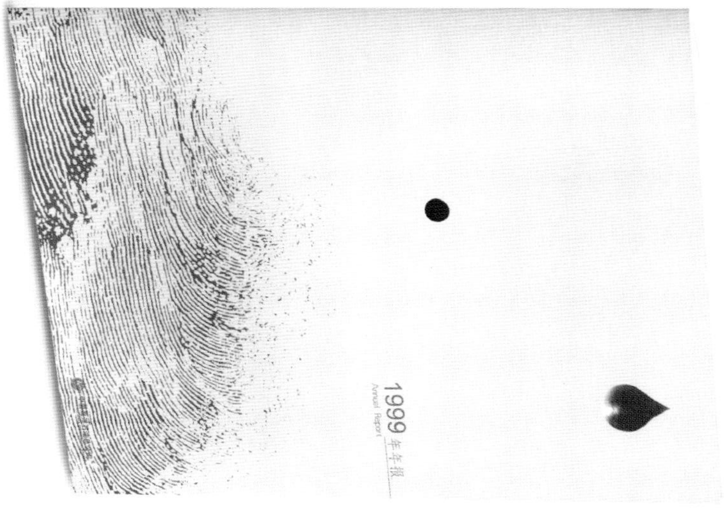

2

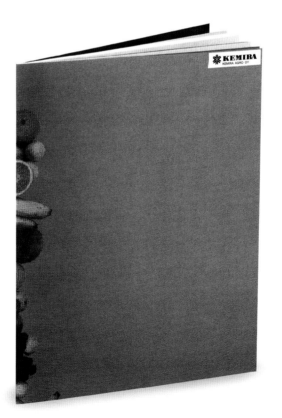

1 中国海洋石油总公司年报

2 芬兰凯米拉农业公司宣传画册

1

2

3

1 中国海洋石油总公司年报版式
2 中国海洋石油总公司年报版式
3 芬兰凯米拉农业公司宣传画册版式

1

2

1 银川广夏实业股份有限公司年报
2 银川广夏实业股份有限公司宣传画册

触动我心灵的书的封面——黑石

与那些靓丽和鲜艳无关，这片深深的、广阔的漆黑几乎让人窒息，黑暗显得不合时宜，甚至让人厌恶和不快。这就是这本书的底色，它好象在刻意夸张黑暗——将漆黑笼罩在整个书的封面和封底，又是否在展示本书内容的背景，抑或作者阴郁的心理状态？令人快慰的是，在无边的黑暗的笼罩之中，居然还有一支正在点燃的火柴枝亮亮的光柱。光柱之上就是由淡兰色、黄色、白色组成的美丽的火焰。兰色在火焰最底部，紧接着是火柴头部的焦黄色，然后是一大段柔和的白色，在火焰的最顶部，是尖尖的黄色小头。火焰显得绚丽、很有光彩。但是与火焰背后无边无际的黑暗相比，■火焰是那么的微弱和缺乏暖意。这就是一本书的封面的主要构成：一支发出微弱但很绚丽的光芒的火柴，在无边无际的黑暗中独自燃放，面对黑暗，它究竟要干些什么？■在这本书的右上角，也即在火柴火焰的右上边，写着本书的书名和一段话。书名写在揉皱了显得皱皱巴巴的一条纸条上，而且纸条裂成了两段，在第一段上用黑色写着“因幸福”三字，在第二段上写着“哭泣”二字。更让人吃惊的是，这个书名的字竟然是背着写的。也就是说书名的字是反的。整个纸条及书名显出一种动人的破碎感、凄凉感，那苍白皱巴且破裂的纸条仿佛就是一幅挽联，给人无尽的伤痛和悲意。如果是感情丰富的人的话，可能会流泪会哭泣。而那个故意写反了的书名，透露出一股强烈的、赤裸裸的叛逆感。叛逆常规、颠覆传统、与现实势不两立，这耐人寻味的反字昭示出哭泣的来由和哭泣的力量。在这张纸条的右边，写着一行字：“不能让夜色吞噬掉我们心灵深处的爱与光明”。这段话可为画龙点睛之笔，点出了这个封面和这本书的主旨。浓浓的黑暗浓浓的不快和痛苦，浓浓的恐惧和邪恶，它有足够的力量来吞噬掉世间的一切，使一切光明归于幽暗、荒芜和阴冷。只有你，那一支发出光亮的火柴，试图照亮这无边的黑暗，它也坚信，只有自己发光发亮，光明才会一点一点地亮在宇

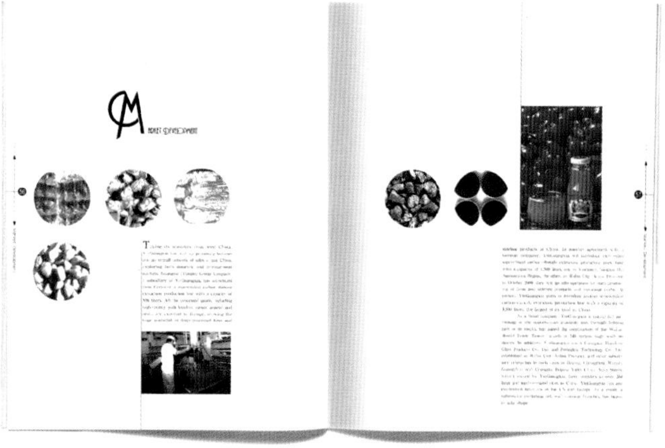

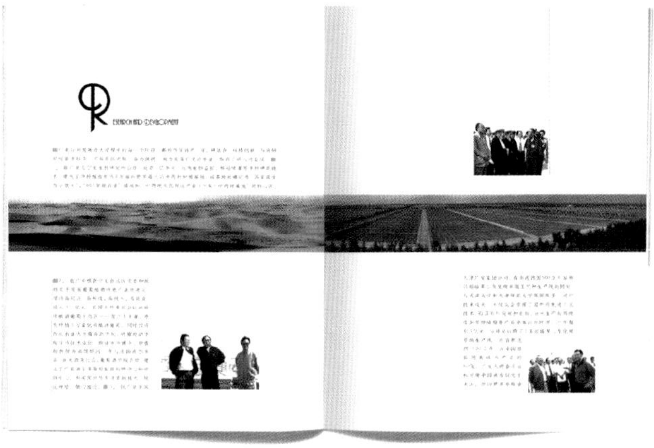

1

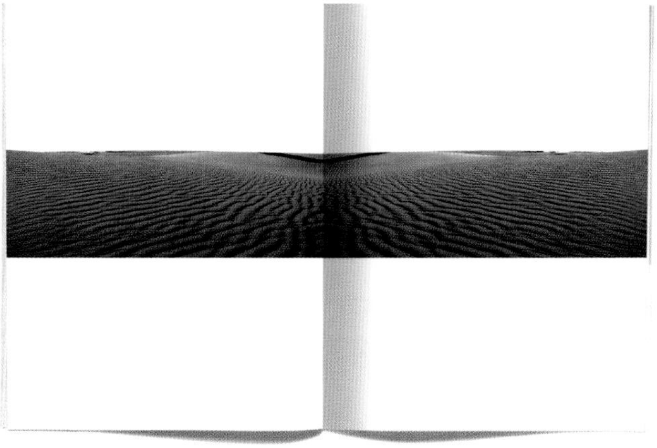

2

1 银川广夏实业股份有限公司年报版式

2 银川广夏实业股份有限公司宣传画册版式

宙之中，直至把整个黑暗用光明来消解。这一切，显示出一种自我坚守的精神的力量，一种用爱来征服黑暗的圣徒般高贵的情感。■这本书的设计者是旺忘望，他是一位享有盛誉的设计艺术家，我为他的人文和艺术功底感到钦佩。另一本同是他设计的书的封面也让我感动。这本书叫《不死的火焰》，与上本书的破碎和柔和的光亮不同，这本书的风格加重了叛逆和颠覆的意味，那钉在木板上的铁钉和缠绕在铁钉间的层层绳索显示了束缚人的势力的残酷无情和顽固有力，而那冲破绳索的火苗张扬出不屈的斗志，那在一个黑条顶端冒出的红黄色火焰，昭示出人的精神力量的伟大和人的理想的纯真和不屈服，整个画面笼罩在圣徒受难般的悲壮和神圣感当中。■那有着美丽木纹的暗红色木板，是这本书封面的整个背景，木红色显得华贵显得充满了激情，显得象黄昏的云彩一样让人心生出美好和优雅。然而，就在这木板上面，异常生硬和残酷的钉着十来个粗大、黄褐色的铆钉，有三个铆钉的顶部发出金黄色的光芒，这美丽的光，一点也不能削弱铆钉钉在木板上的残酷无情。那铆钉分明不是钉在木板上，而是就钉在人的鲜嫩的心上，心在滴血，在铆钉粗暴的践踏和蹂躏中发出异常痛苦的哀号。就在这铆钉之间，在十来个钉子两个两个之间，紧紧地缠绕着十数根绳索，它们绷得非常的紧非常的密，在红木板的中心地带，组成了一个紧密的罗网。■就在这个由铁钉和绳索构成的罗网之下，是一条死火，一条忍受着禁锢造成的让人生不如死的不自由状态的死火，一条还在喷着火焰的不死的死火。这是一条黑色的抽象的条子，象碳条，象支笔，象人，象那钉在十字架上蒙难的耶酥。更准确地说，它应该是黑色的灰烬。在这个碳条的顶端，喷射出三团亮丽的火焰，有点微小、有点新鲜。这是何等不容易的喷射，它是在经受铆钉残无人道穿刺之后依然不屈的火焰，是在绳索和铆钉编织成的罗网束缚、压制和残酷的禁锢下义无返顾的冲出来的火焰，是在已经熄灭和绝望了的死火的灰烬中喷射出来的火焰。不死的火焰，它要冲破暴虐冲破苦难冲破绝望和死寂，它要在充满罪恶的苦难和死灰般的绝望中找出足以温暖人心的精神出路，要在这片美丽高贵的土地上面对束缚、暴虐和黑暗进行悲壮的抗争、悲壮的探索和悲壮的新生。应该感谢旺忘望，■他让我通过两本书的封面感悟到了人生的悲壮和神圣，感受到了我们人类精神的力量。★

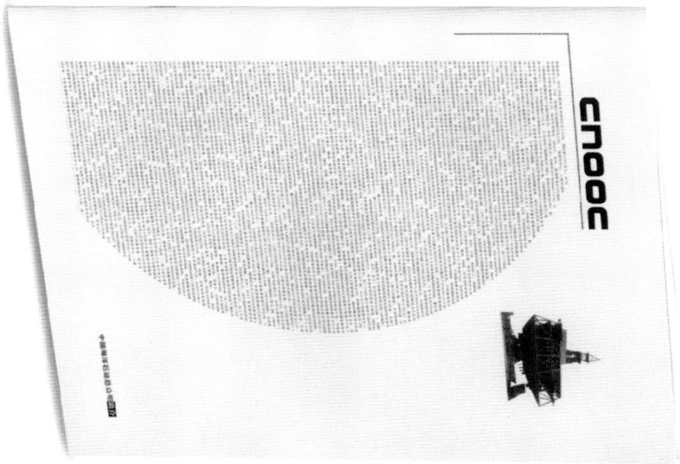

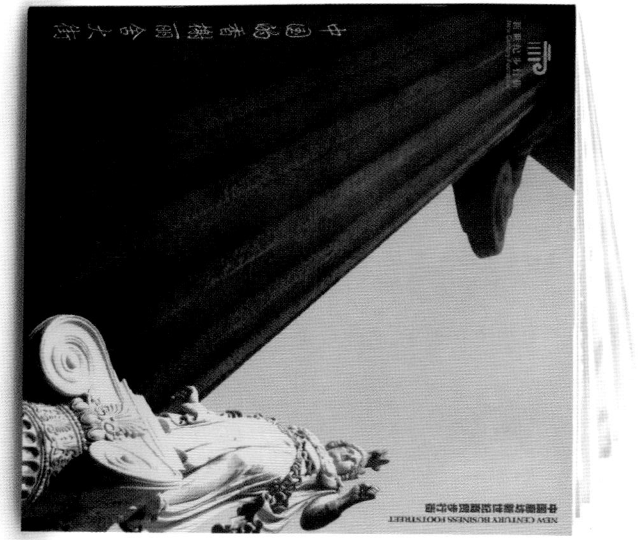

1 中国海洋石油总公司简介
2 天成天房地产售楼书

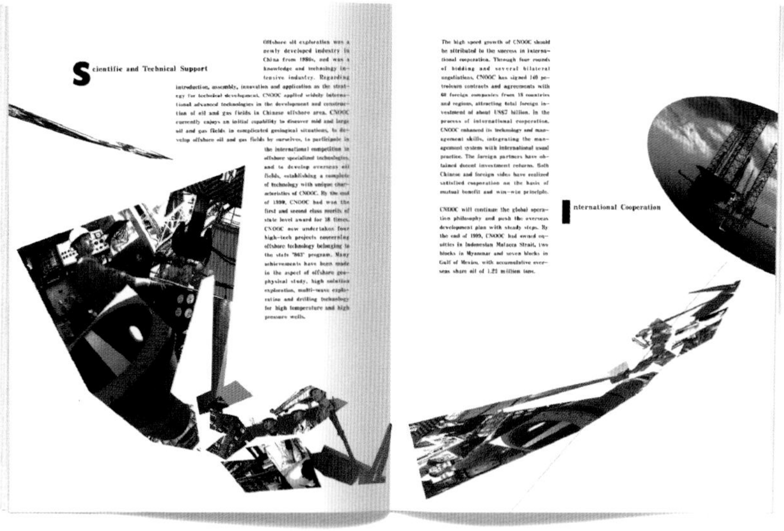

1

2

1 中国海洋石油总公司简介版式

2 天成天房地产售楼书版式

1

2

3

4

1 三辰影库宣传画册
2 中国渤海石油研究院宣传画册
3 长城国际展览有限责任公司宣传画册
4 中国现代舞团宣传画册

1

2

3

1 山东省日照市旅游局宣传画册

2 银川广夏实业股份有限公司招商项目书

3 北京外国企服务总公司宣传册

反设计先锋旺忘望（全文摘自现代城《客户通讯》）

SOHO现代城的广告登出之后，接到很多电话，有人说设计得很好，有人说设计得很差，有人说有创意，有人说看不懂，还有的说"大光头"象黑社会。没想到一则广告激起千层浪，电话多的有点招架不住，我们觉得还是让旺忘望亮个相，自圆其说。旺忘望的工作室在西郊一个叫做设计博物馆的小楼里，小小的博物馆收藏了8000件世界各地优秀的平面设计作品，这里还经常举行一些圈儿里人的音乐、戏剧演出，学术讲座，观念艺术表演等活动。旺忘望的工作室是一个足有80平方米的开敞空间，里面充满了他的平面设计作品、书籍和电脑；中间的大空敞只摆了三个沙发和一张别致的茶几，整个房间里没有任何隔断，空间流畅、简单、自然，顿有些SOHO的感觉，对旺忘望的采访就在这里自由地进行着：问：SOHO现代城的广告登出来以后，我们接到很多电话，有很多人看不懂，请您解释一下您的创意？旺：从设计语言来说，一个好的广告画面一定要抢人，我选择这个比较怪异的光头占了画面的一半，力求在平面构图上力量集中，产生的视觉冲击力强，这样才能引起注意。在这个光头上，又有一点小的细节，光头上长出树头人身的人，另一个人高兴地用手接从空中来的绿方块，体现了绿色的概念，暗念着空中四合院来到SOHO现代城，在情节上就有一点戏剧性，又幽默、快乐、浪漫，这就是一个广告的趣味性，要活泼但不能牵强。问：能不能谈一下您的设计风格？旺：就是反设计。所谓反设计就是反对正常的，传统的设计，在风格上偏前卫，具有实验性，在设计语言上尽量探讨。有人给我定位是前卫设计师，跟普通的设计师不一样，在语言上比较怪，创意比较另类，还有人说我是文化设计师，因为原来客户主要是文化方面的，最近几年才和企业接触，但我做的商业广告里也非常有文化感。问：SOHO现代城是房地产比较新的类型，在风格上也有点前卫、有点酷，和您的设计风格很类似，想请您谈一下对"酷"的理解？旺：我想就是一种生活状态。生活状态比较轻松，自由，接受事物的能力比较强，有创造性，我觉得这就有酷的感觉在里边。他并不是说你打扮的很怪就是酷，主要是有一个自然、随意的生活状态，简单地说一个保守的人肯定不酷，开放、灵活就有酷的味道。问：您如何评价自己设计的SOHO现代城广告？旺：一开始接手时，还有一点错觉，给商业上做东西不要太前卫了，后来张欣说我们找你就是想要你的风格。我说那就按我自己的做了。因为以前曾和一些商人接触过，限制太多，总做不到位。还真没想到，这次和你们的合作挺好，尤其是领导层，有文化品位，潘石屹、张欣懂得生活。到最后就完全放开了，在设计语言上和SOHO越扣越紧，风格上也越来越大胆，可能以后还会更狠一点。目前来讲，我觉得我设计的SOHO现代城广告可以讲是中国房地产绝无仅有的前卫作品，当然基础是你们同样前卫的产品。你说它好也好，坏也好，都不重要，关键它是一种大胆的尝试，一种观念上的突破。现在的房地产广告大多千篇一律，没有个性，据我的经验来看，SOHO的广告出来后，就会有一大批跟风的，但他们毕竟是跟，没有创造可言。问：正如您所说房地产广告千篇一律，当然这里有行业落后保守，对设计限制较多的原因，可我发现很多做平面设计的人只知道这里添个什么颜色，问你要圆的还是方的？象这种电脑操作员式的设计人员很多，您如何评价？旺：你们潘总跟我说过一句，就是"专业精神"，我非常赞同。现在各行各业都讲专业精神，象你说的只学了几天电脑操作，就出来设计，主要是混口饭吃，就把这个行业搞乱了。不过总有一天，他设计的还不到位，就得出局。所谓"专业精神"我想就是把你从事的行业方方面面的问题认真思考过，研究过，这样你才会自信。再有，设计这东西，玩儿的就是创意，跟其他艺术创作一样，到了一定的境界就是"功夫在画外"了，没有学习，没有积累是不行的。问：您的名字起的很怪，最后想请您解释一下含义？旺："旺忘望"这三个字音相同，说出来就很幽默，但每个字有不同含义，第一个旺是兴旺，就是人干事业一定要兴旺，要折腾大一点；第二个忘是忘记，就是忘掉自己的成功，学会超越自我，这样人生才能进入一个大自由的状态，这就和潘石屹"给大脑定期清零"有点类似；第三个望是希望，也就是只有做到了"忘记、忘怀"，人生才是有希望的人生。★

SOHO
现代城
发 展 商：北京中鸿天房地产有限公司
销售热线：65854441／2／3／5／6　800 8100741／2／3
楼盘现场：国贸往东800米、路南
网　　址：http：／／www.newtown.com.cn
SOHO现代城每家窗外两种景色

SOHO
现代城
发展商：北京中鸿天房地产有限公司
销售热线：65854441/2/3/5/6 800 8100741/2/3
楼盘现场：国贸往东800米、路南
网 址 http://www.newtown.com.cn
自由推拉的墙壁 SOHO现代城随意组合的空间、自由推拉的墙壁 SOHO现代城随

SOHO 现代城报纸广告之二

SOHO 现代城报纸广告之三

好的广告在精神上是和产品相通的

潘石屹

简单的复制，标准化的产品，使我们眼前的世界缺乏生机。工业化的复制技术和信息化的传递技术，也给这个社会制造了不少垃圾。我们一直在寻找生活的生机，寻找原创的闪光点。在销售SOHO现代城之前，我们请来了旺忘望，把SOHO现代城的观念和他进行了短暂的沟通，几天之后，就有了这三个夸张的大人头，很好的反映了我们的产品特征和上世纪末时代的特征。我们眼前一亮，采用了这三幅广告。SOHO现代城原计划一年的销售任务在短短的两、三个月内就完成了，创下了半年销售20亿元人民币的纪录。好房子也要有好的广告配合，但这广告一定要像这三个大人头一样，要像导火索引爆炸药一样，要有创意，要有力量，让人引起共鸣，让人心动。好的广告在精神上是和产品相通的。

SOHO 现代城灯箱广告系列

色
现代城
741/2/3

SOHO
现代城
现代城光纤入楼与光同速与世界同步
现代城
发 展 商：北京中鸿天房地产有限公司
销售热线：65854441/2/3/5/6　800 8100741/2/3
楼盘现场：国贸往东800米，路南
网　　址　http://www.newtown.com.cn

SOHO
现代城
SOHO SOHO现代城
我没有白奋斗
有希望了!
墙壁
即日开盘认购
随意组合的空间
我心中的太阳升起来了!
亲爱的
你等着瞧吧!
SOHO现代城光纤入楼
发 展 商：北京中鸿天房地产有限公司
销售热线：65854441
楼盘现场：国贸往东800米 路南
网 址：http://www.newtown.com.cn

SOHO 现代城墙体广告

SOHO 现代城样板间开放报纸广告之一

SOHO 现代城样板间开放报纸广告之二

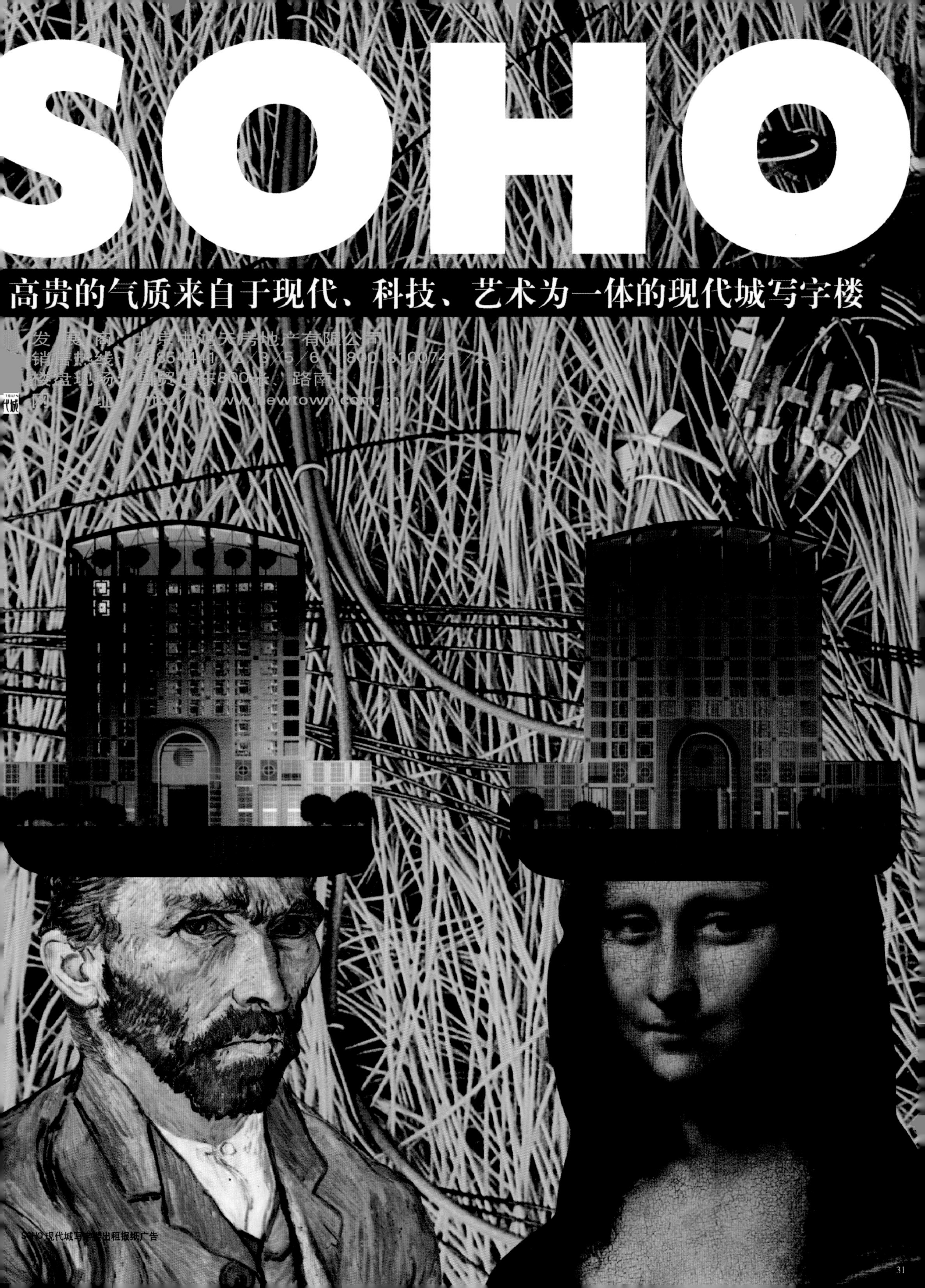

SOHO现代城写字楼出租报纸广告

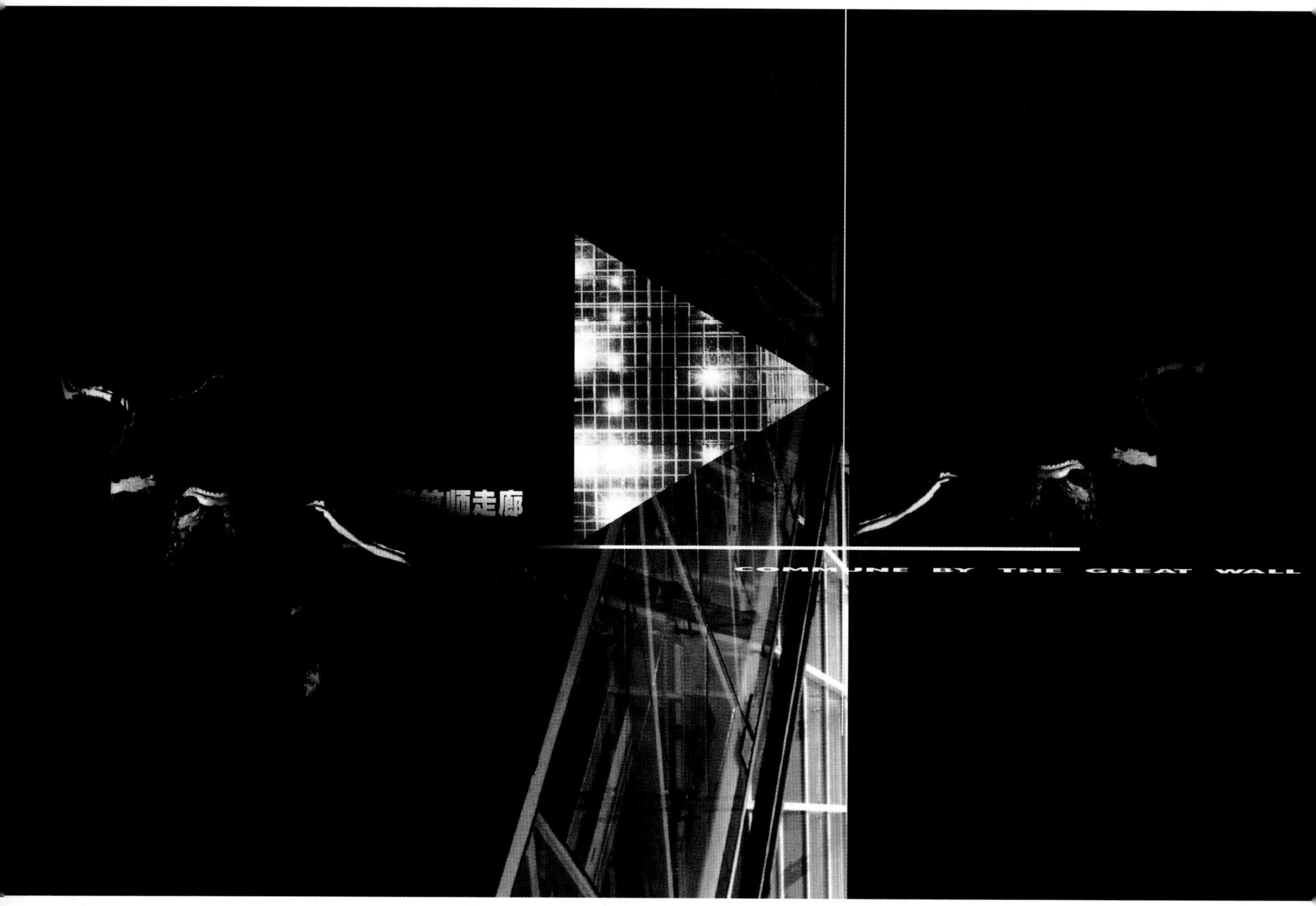

建筑师走廊形象广告之一

建筑师走廊
COMMUNE BY

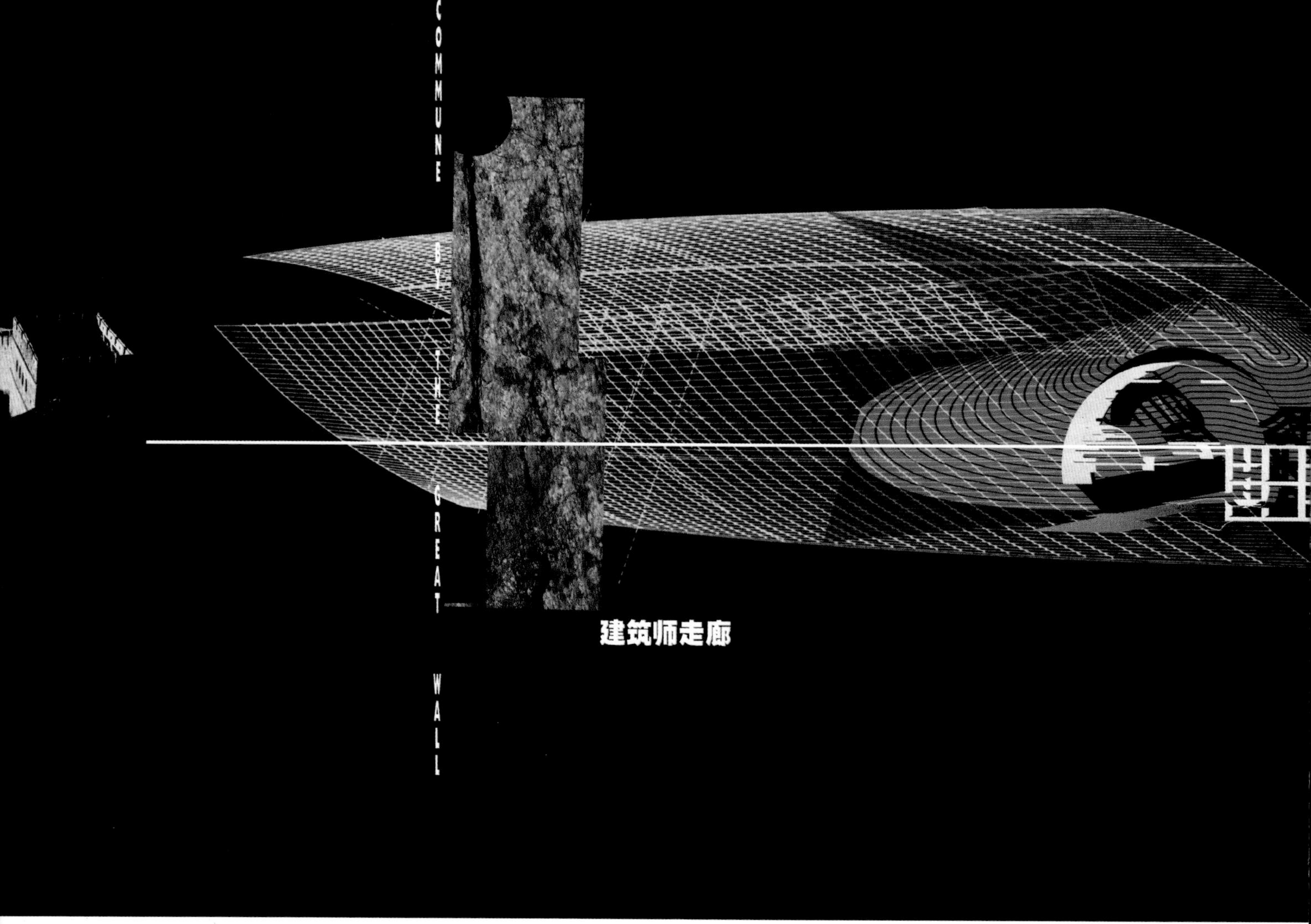

建筑师走廊形象广告之三

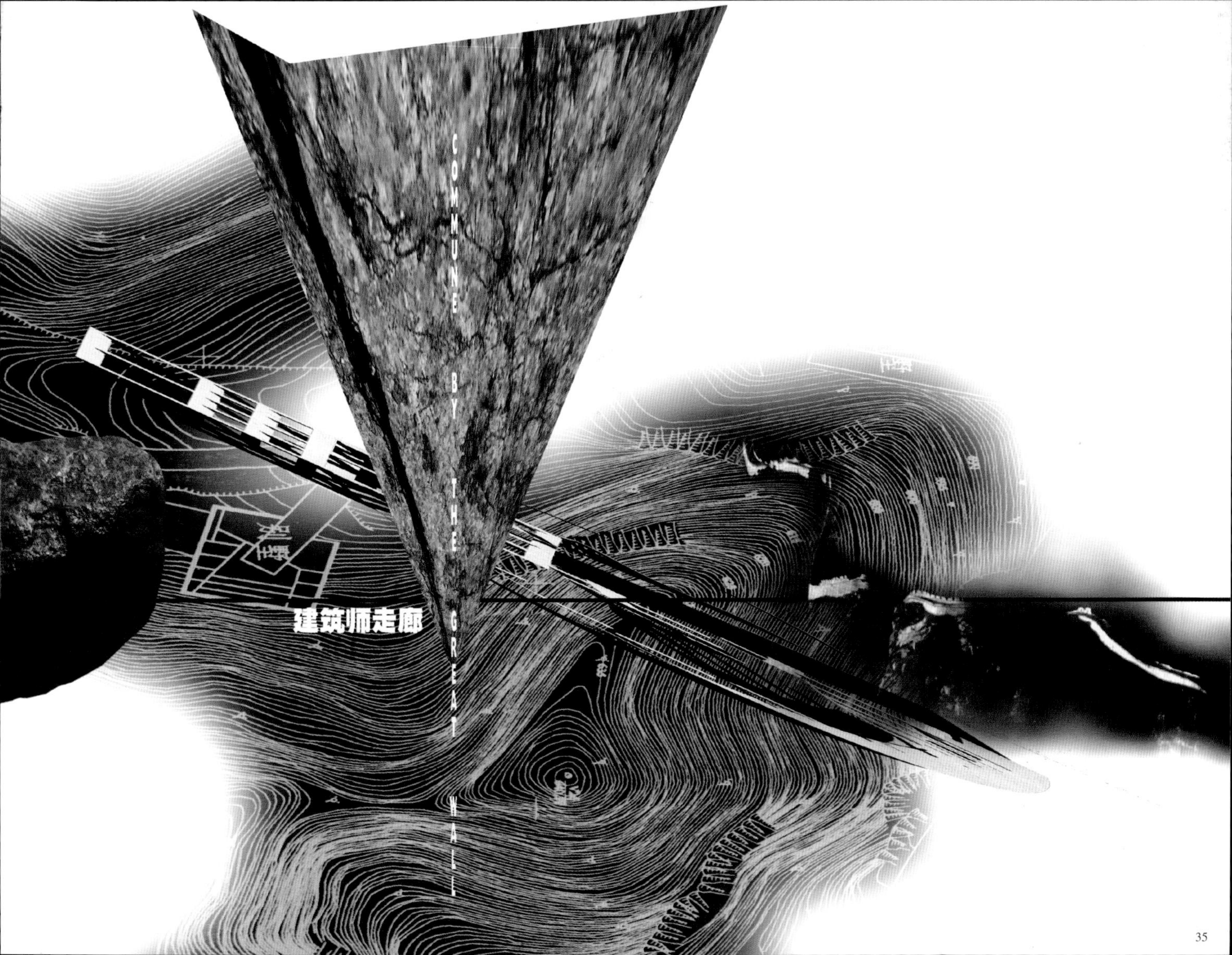
COMMUNE BY THE GREAT WALL
建筑师走廊

别墅
COMMUNE BY THE GREAT WALL
建筑师走廊

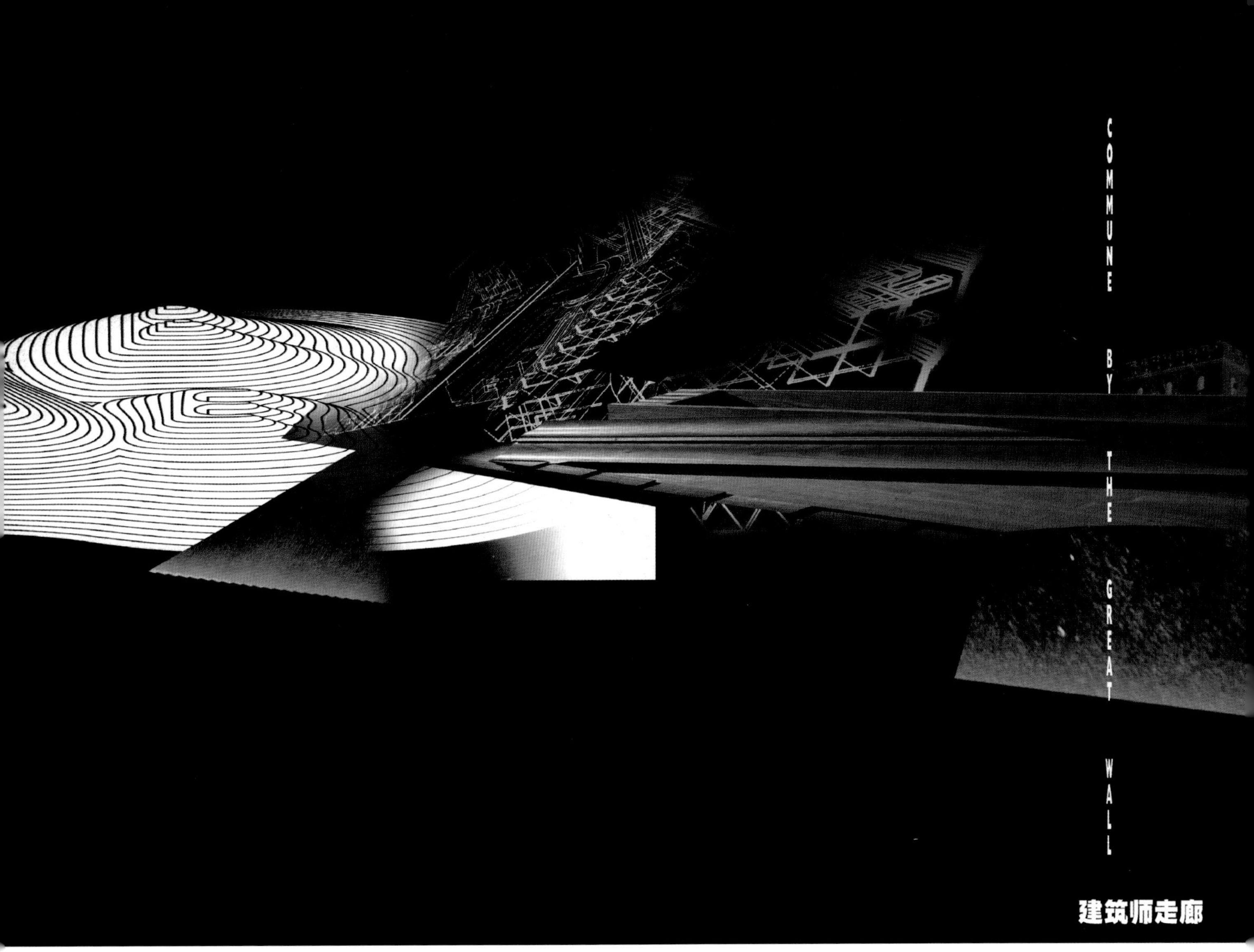

建筑师走廊形象广告之六

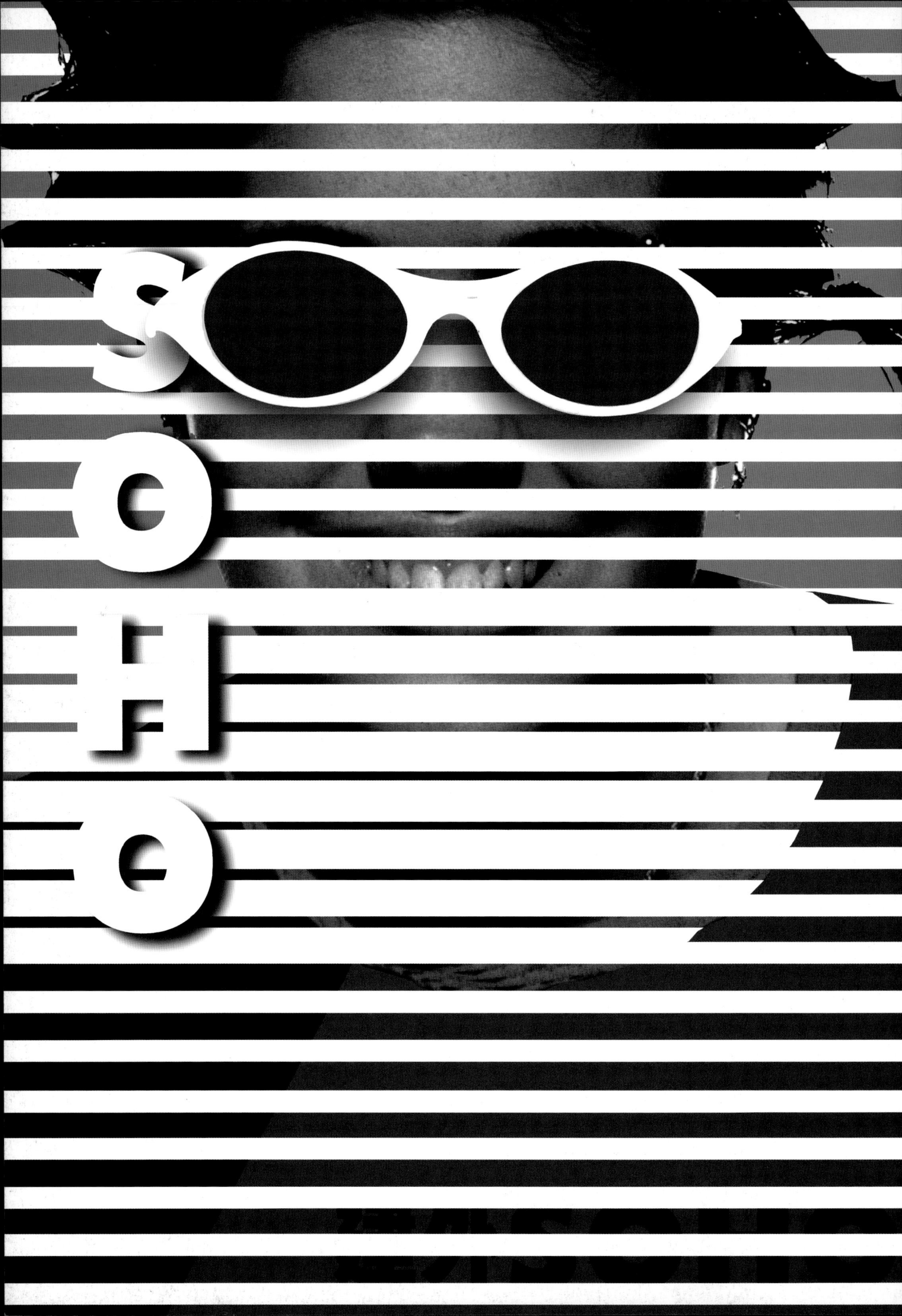
SOHO

建外SOHO
SOHO

建外SOHO
SOHO

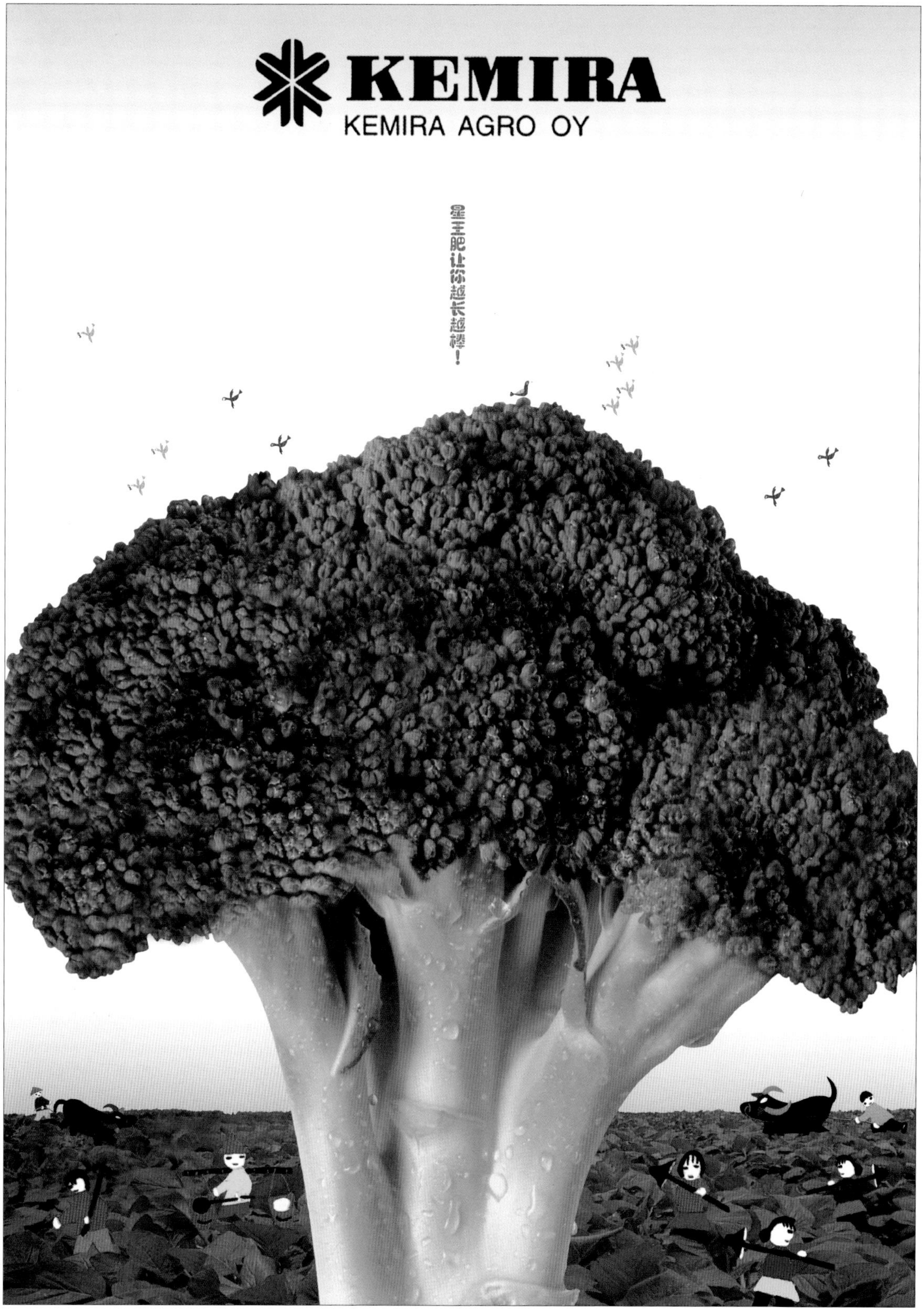
KEMIRA
KEMIRA AGRO OY
星王肥让你越长越棒！

芬兰凯米拉农业公司海报之一

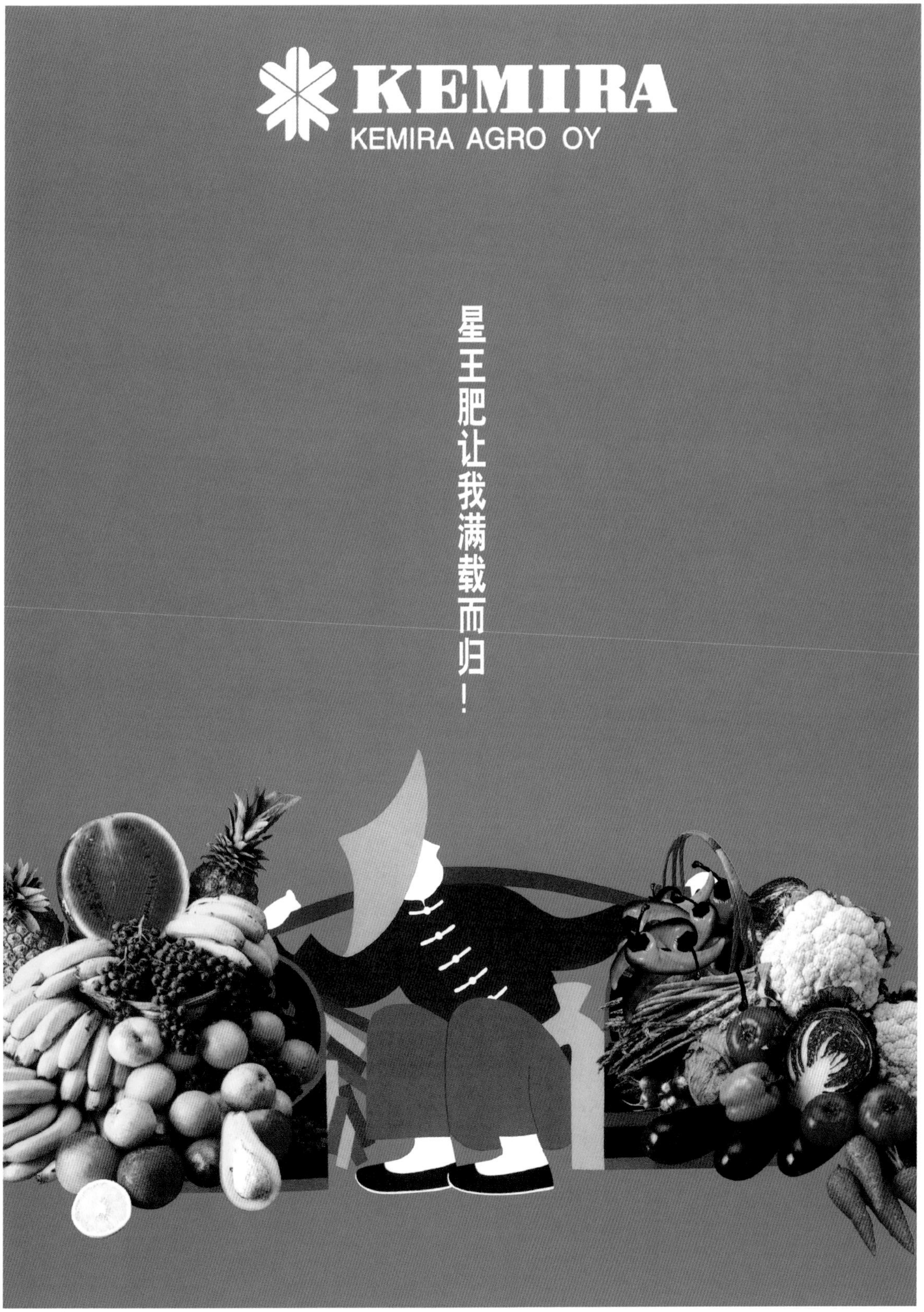
KEMIRA
KEMIRA AGRO OY
星王肥让我满载而归!

芬兰凯米拉农业公司海报之二

海天房地产推广海报

芬兰凯米拉农业公司海报之三

中国足球更精彩，百事与你齐喝彩！
所有礼品 换完即止
兑奖日期：1999.4.23-1999.6.12
兑奖时间：每周五 11:30 — 13:30
本次活动查询热线：010-67221749
北京百事可乐饮料有限公司

百事可乐甲A联赛海报

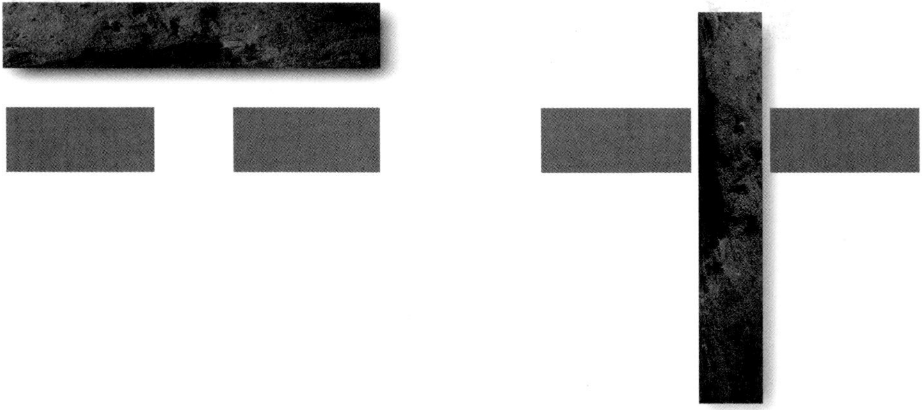

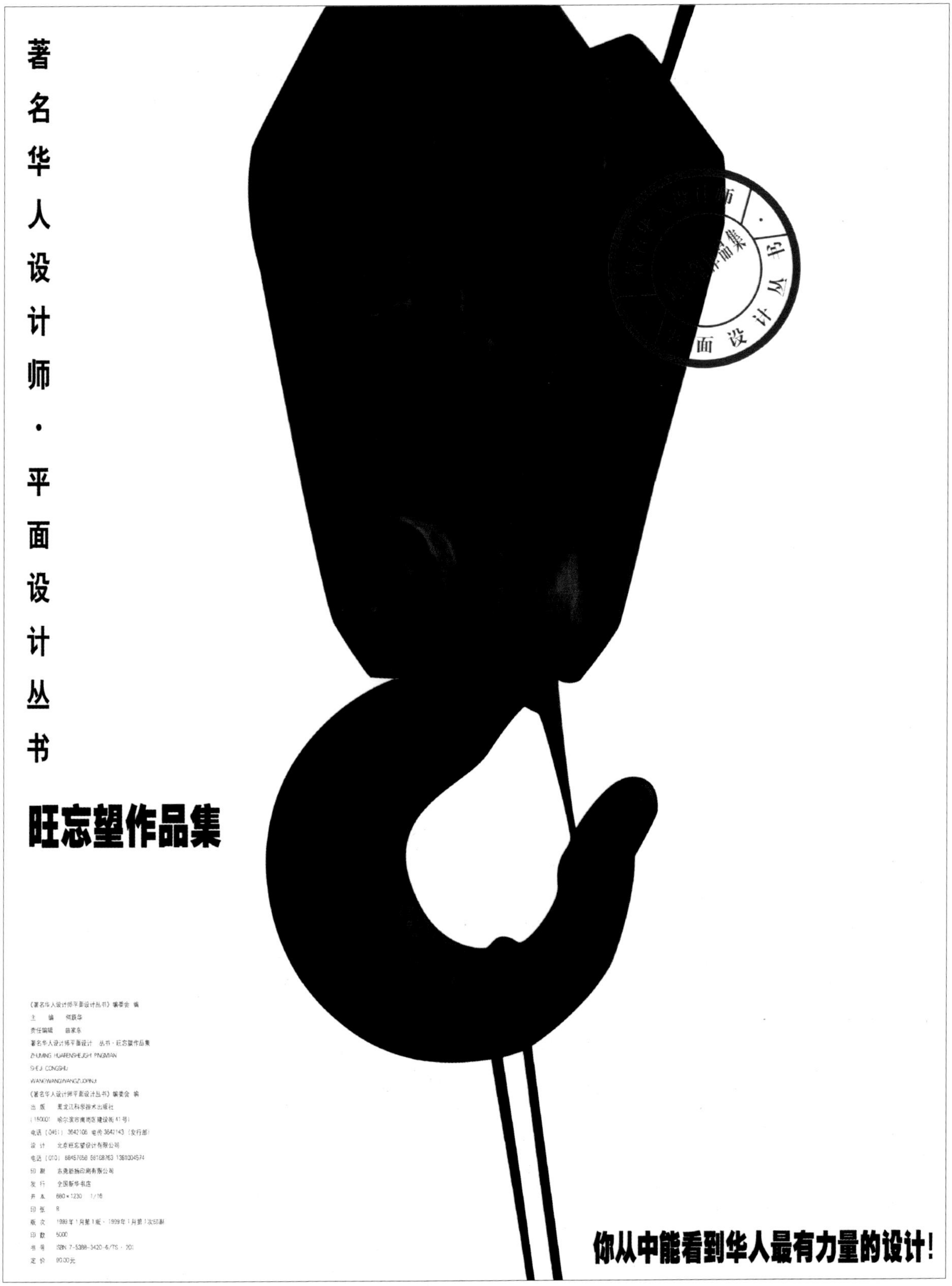
著名华人设计师·平面设计丛书
旺忘望作品集
《著名华人设计师平面设计丛书》编委会 编
ZHUMING HUARENSHEJISHI PINGMIAN
SHEJI CONGSHU
WANGWANGWANGZUOPINJI
《著名华人设计师平面设计丛书》编委会 编
出 版 黑龙江科学技术出版社
(150001 哈尔滨市南岗区建设街41号)
电话 (0451) 3642106 电传 3642143 (发行部)
设 计 北京旺忘望设计有限公司
发 行 全国新华书店
开 本 880×1230 1/16
印 张 8
版 次 1999年1月第1版·1999年1月第1次印刷
印 数 5000
书 号 ISBN 7-5388-3420-6/TS · 201
定 价 90.00元
你从中能看到华人最有力量的设计!

个人专集推广海报

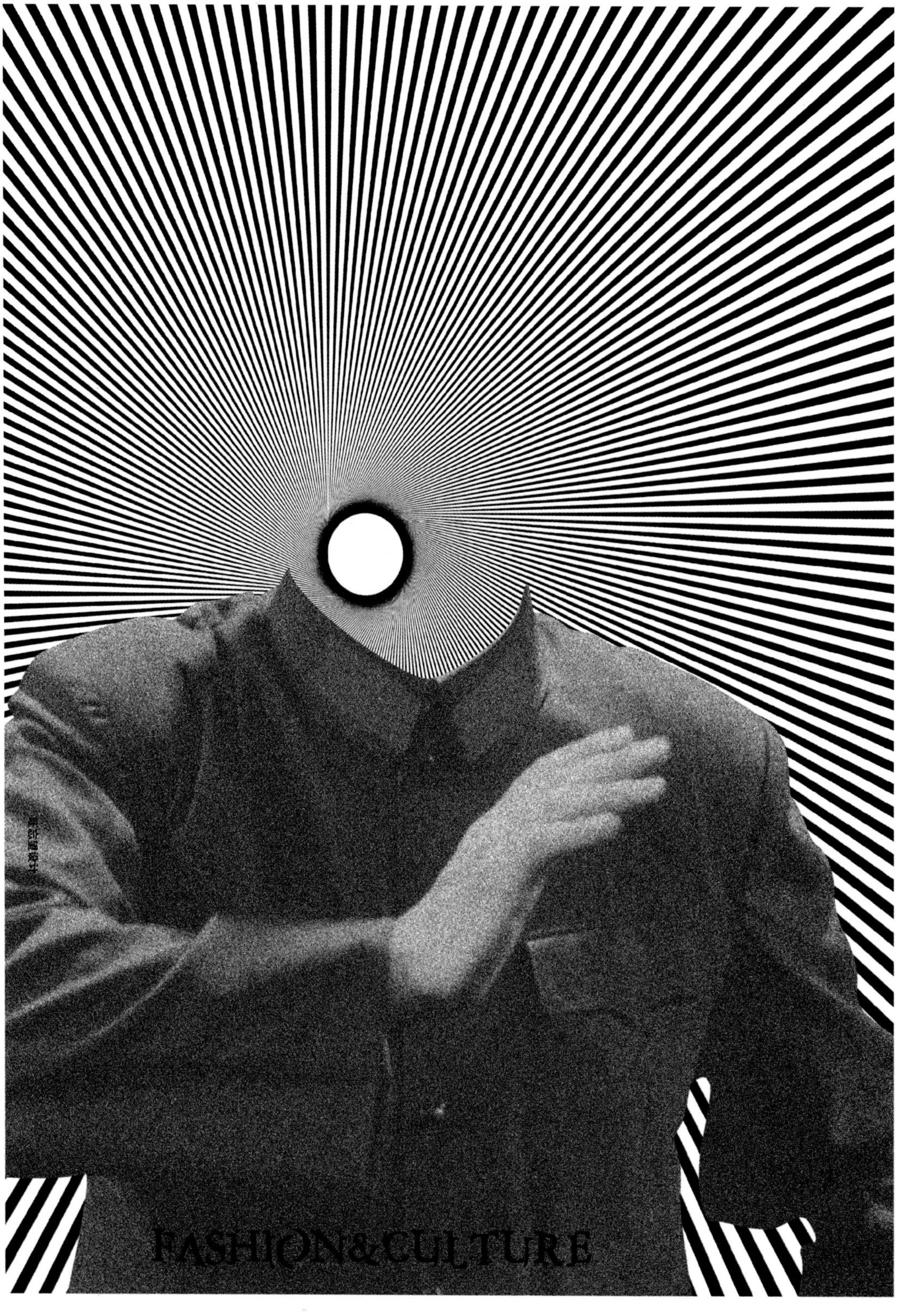

“宁波国际服装节”邀请展海报

"《傻钱》"书籍推广海报

“中国 2000 年现代舞周”推广海报

"中国2000年现代舞周"推广海报

“中国 2002 年现代舞周”推广海报

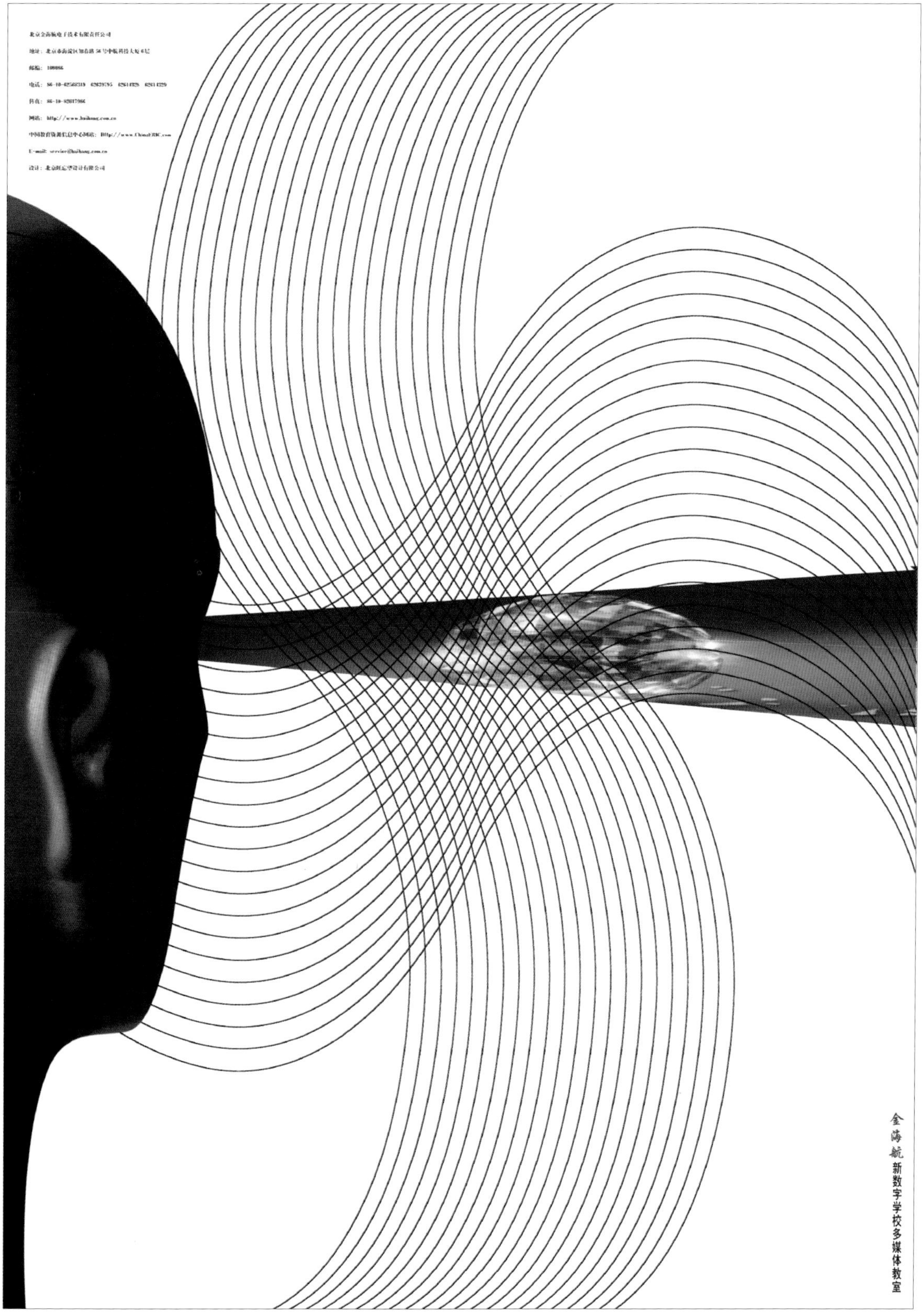

北京金海航电子有限公司海报

九味香
融合、交流、互渗，才有味道
莫奈&永乐宫壁画&(法国)埃森&(明代)陈洪绶&现代设计=味道
集九州美味 会百家馨香
九味鸡
九味鱼
7月
8月
9月
10月
11月
12月
1月
2月
3月
4月
5月
6月
九味香
专以西北特色火锅
九味鸡
九味鱼
主打为君
且以味为纲
从营养观点出发
在继承传统火锅的基础上
通过不断改良
并精选多种主辅料
按私方炒制配锅
保留下来的
恰好是浓香四溢
味道醇厚的本店特色
不仅芬留齿颊
余味不尽
且价廉物美
迥与别家不同
倘蒙惠顾
无不格外欢迎

“九味香”餐馆形象海报

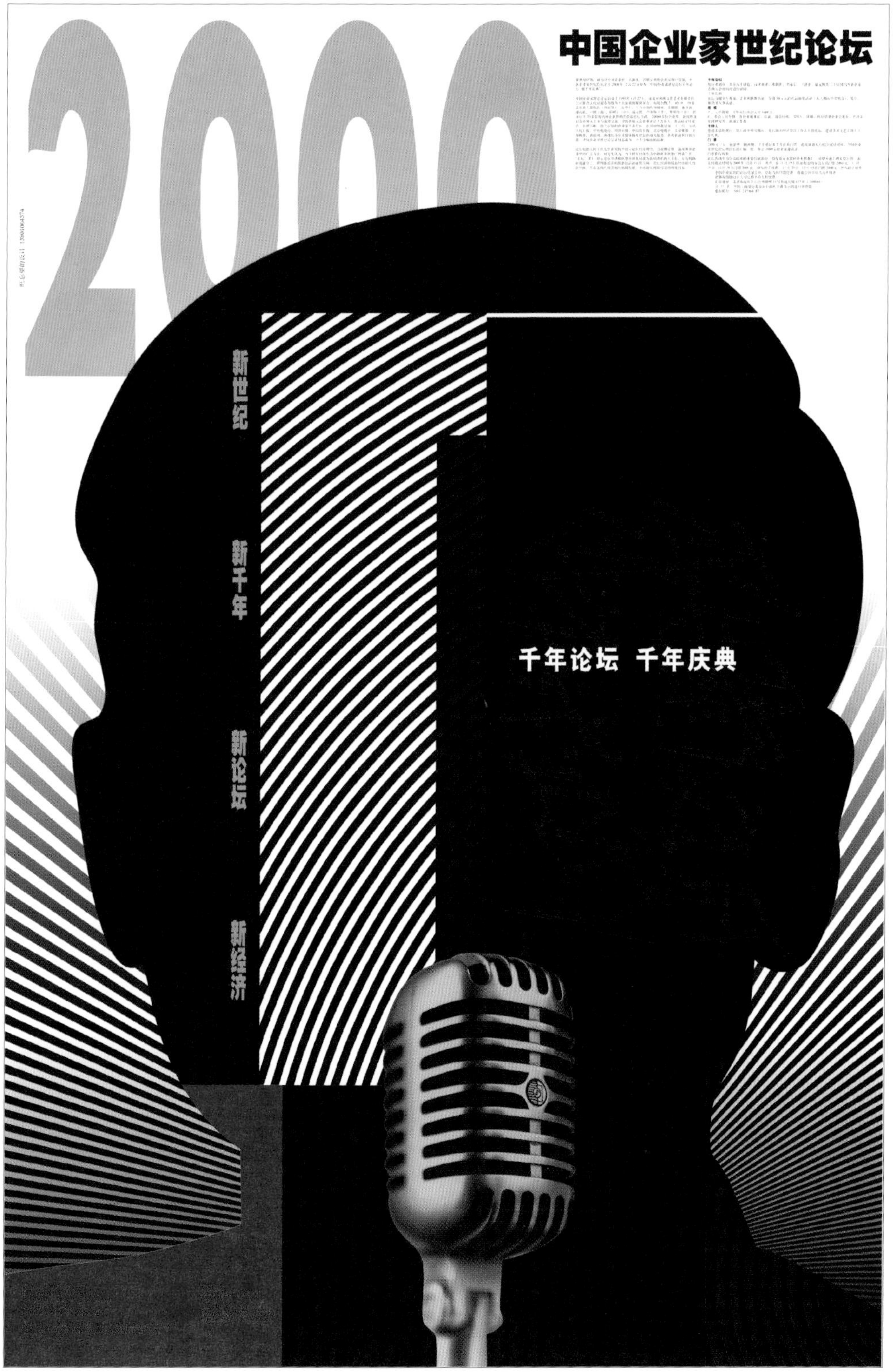

“2000 年企业家论坛”海报

“走近孔子，扬帆青岛”形象海报

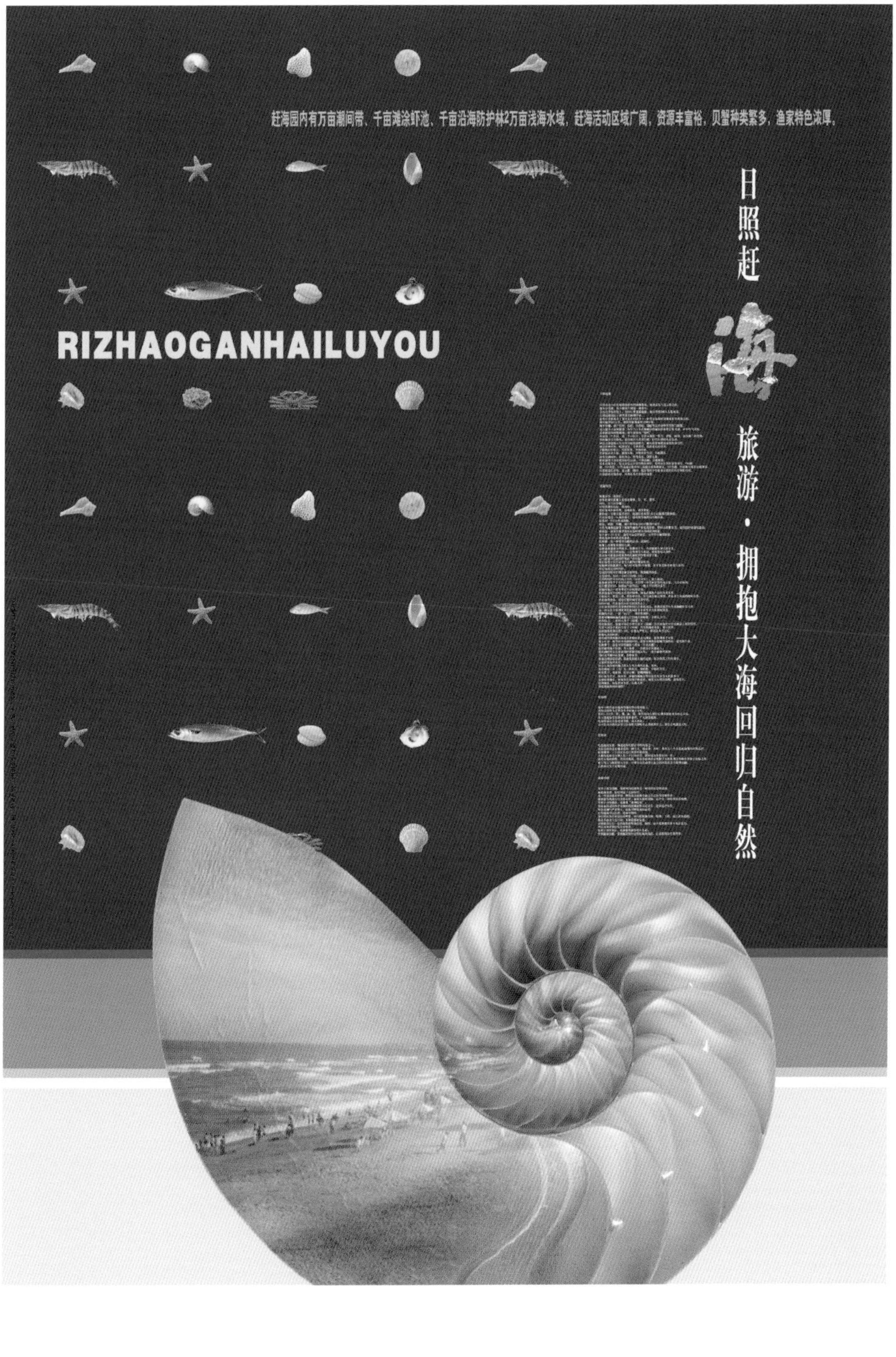
赶海园内有万亩潮间带、千亩滩涂虾池、千亩沿海防护林2万亩浅海水域，赶海活动区域广阔，资源丰富裕，贝蟹种类繁多，渔家特色浓厚。
日照赶海
旅游·拥抱大海回归自然
RIZHAOGANHAILUYOU

“日照市刘家湾赶海旅游”宣传海报

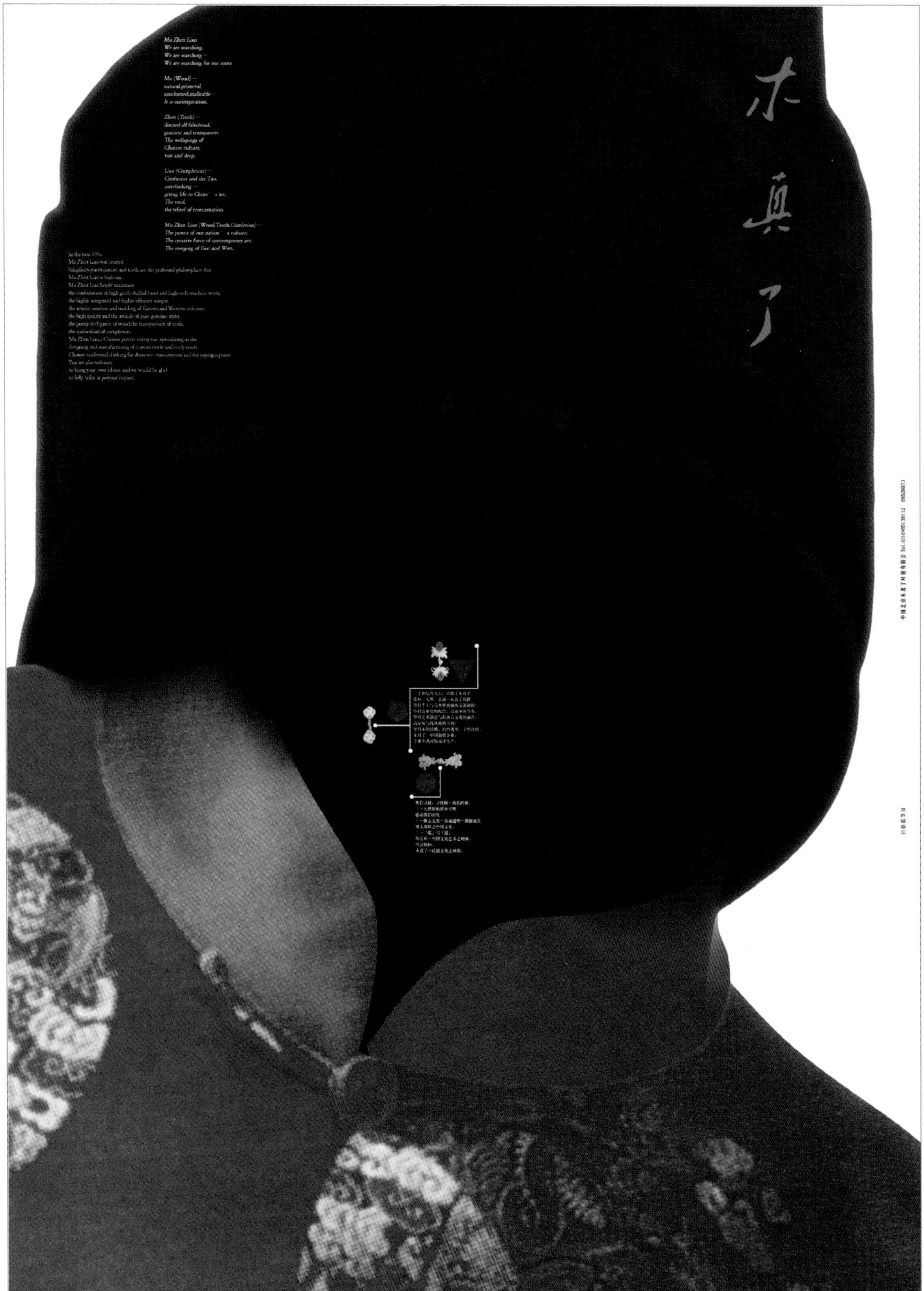
木真了
Mu Zhen Liao
We are searching,
We are searching —
We are searching for our roots
Mu (Wood) —
Zhen (Truth) —
discard all falsehood,
genuine and transparent.
Chinese culture,
vast and deep.
Liao (Completion) —
Confucius and the Tao,
interlocking —
The void,
the wheel of reincarnation.
Mu Zhen Liao (Wood,Truth,Completion) —
The creative force of contemporary art:
The merging of East and West.

"木真了"服饰海报之一

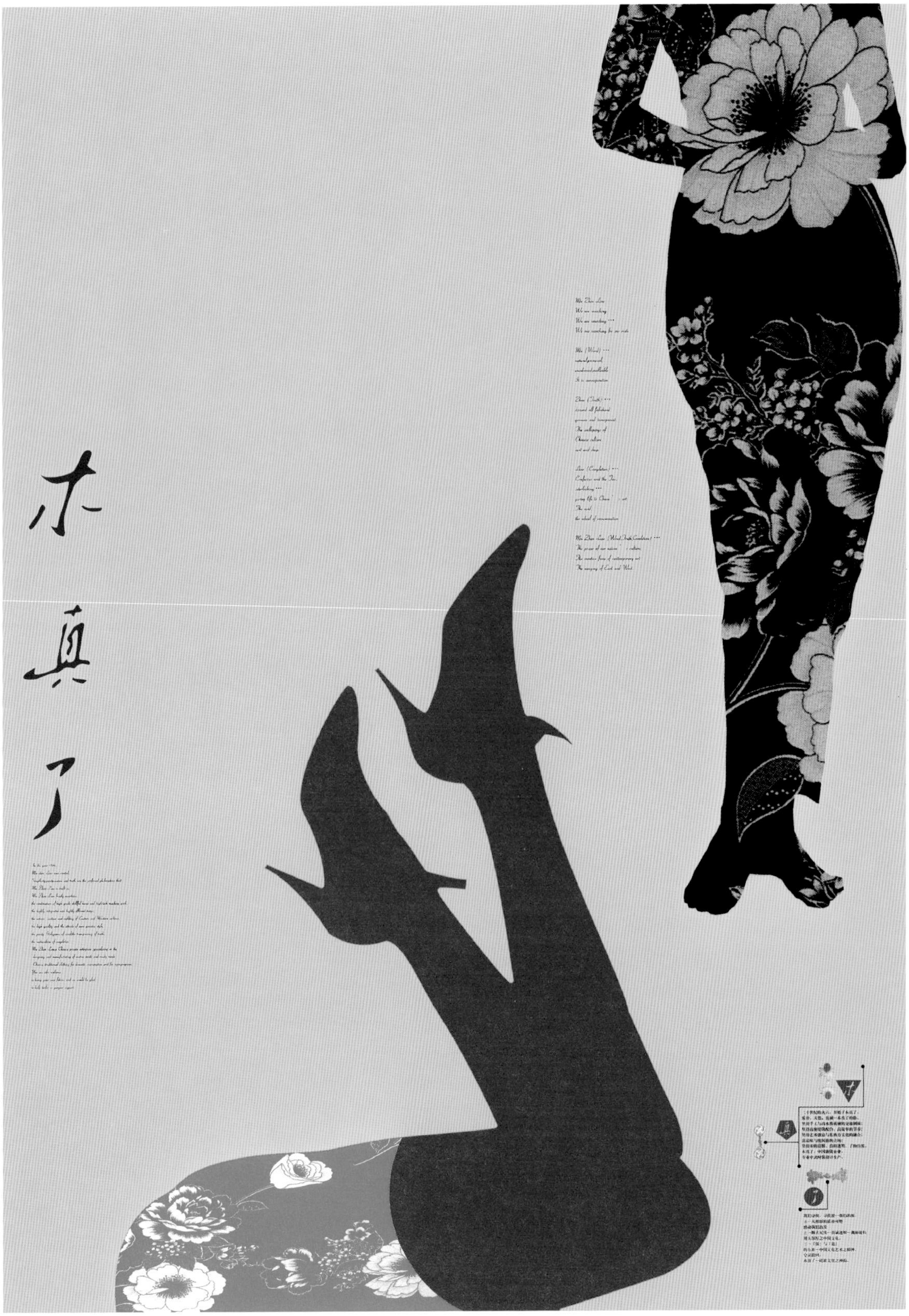

“木真了”服饰海报之二

“山东省栖霞苹果艺术节”宣传海报

城市与文化交流
Invitaional Show of International Poster Design
上海世博会申办工作领导小组

“上海世博会邀请展”海报

SOLDIER ON
《二十一世纪》
田曦综合艺术展
主办：设计博物馆
时间：1999.4.18
地点：昆明湖南路56号设计中心
电话：88433583 88433585
88437657 88437646
设计：北京旺忘望设计有限公司
电话：88437658 88437659
关于生存状态——进入

《二十一世纪》艺术展海报

話
張大力
1999 行為
張大力《世界是你們的!》
盛　奇《北京 · 北京》
主辦：設計博物館
策劃：何躍華
電話：68473583 68473585
68457657 68457646
協辦：北京旺忘望設計有限公司
設計：北京旺忘望設計有限公司
電話：68457658 1381004574
制作：北京華文苑平面設計中心
攝影：劉輝
時間：1999.3.2
地點：昆明湖南路56號設計中心

《对话张大力》海报

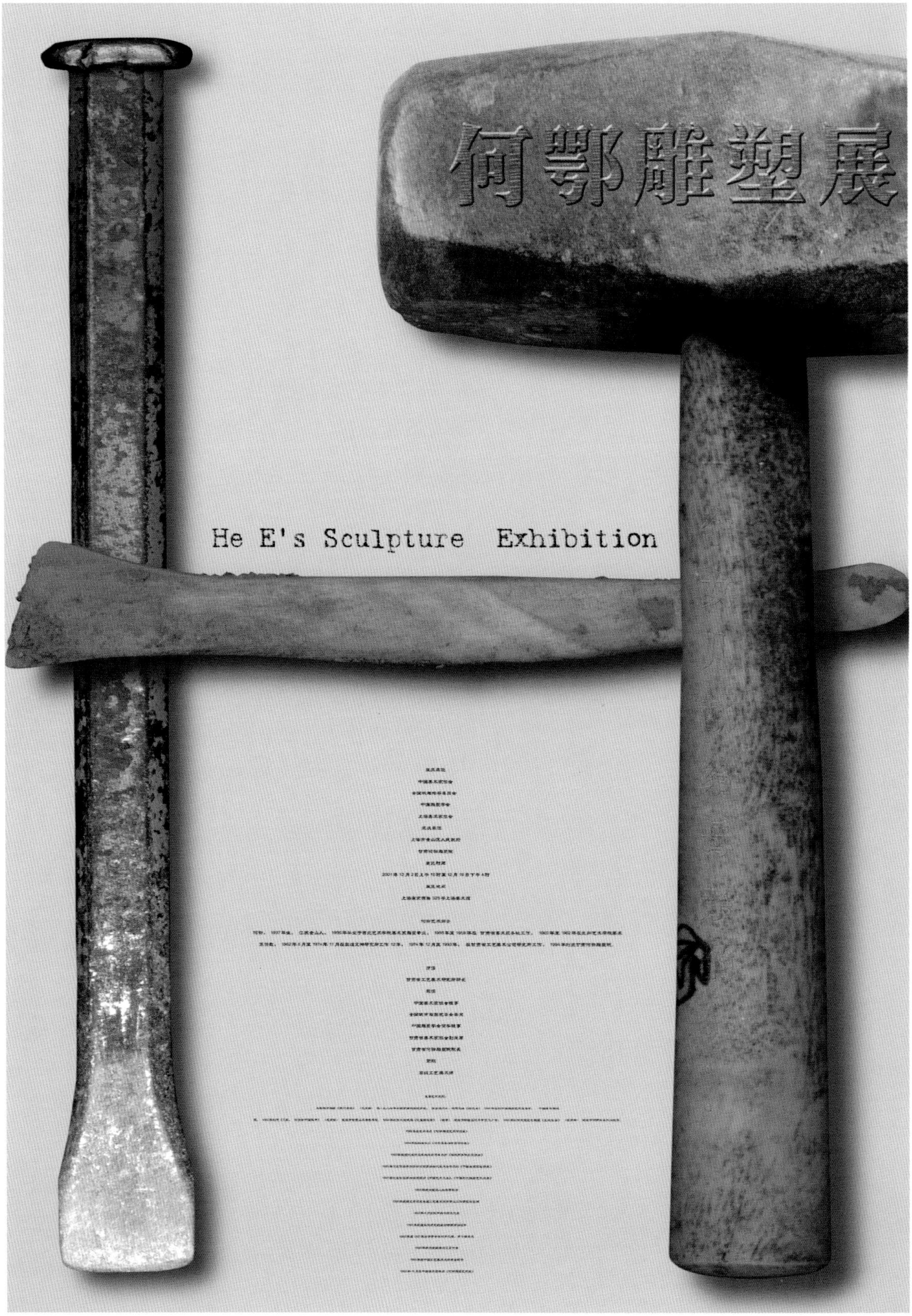

何鄂雕塑展海报

“崔国泰油画近作展”海报

主办单位：
中华人民共和国文化部
丹麦王国驻华大使馆
承办单位：
中国展览交流中心
广东美术馆
上海图书馆
协办单位：
广东省文化厅
上海市文化局
丹麦王国驻广州总领事馆
丹麦王国驻上海总领事馆个
后援：
丹麦文化研究所
ELD- 文化艺术交流公司
展品组织：
丹麦建筑中心
丹麦工艺博物馆
展览统筹：
朱会平
展览设计：
Arne Kvorning
广州
广东美术馆 2000 年 4 月 5 日—4 月 20 日
上海
上海图书馆 2000 年 5 月 8 日—5 月 21 日
北京
中国革命博物馆 2000 年 6 月 7 日—6 月 25 日
THE DANISH
Wave
"Danish Wave"
An Exhibition on Modern Danish Design and Architecture
Host:
Ministry of Culture of the People's Republic of China
The Royal Danish Embassy,Beijing
Organizer:
The Danish Cultural Institute
ELD-Cultural Agency of Art Exchange
With Support:
China International Exhibition Agency
Guangdong Museum of Art
Shanghai Library
Co-Organizer:
The Royal Danish Consul of Guangzhou
The Royal Danish Consul of Shanghai
The Cultural Department of Guangdong province
The cultural Bureau of Shanghai
Concept and Coordination:
The Danish Centre for Architecture
Project Coordinator:
Zhu Huiping
Exhibition design:
Arne Kvorning
Guangdong Museum of Art,Guangzhou
April,5 – April,20 – 2000
Shanghai Library,Shanghai
May,8 – May,21 – 2000
The Museum of the Chinese Revolution,Beijing
June,7–June,25 – 2000
丹麦王国现代设计艺术展
丹麦王国现代设计艺术展“Danish Wave” An Exhibition on Modern Danish Design and Architecture
DANISCO
Novo Nordisk
50

丹麦潮—丹麦现代设计艺术展”海报

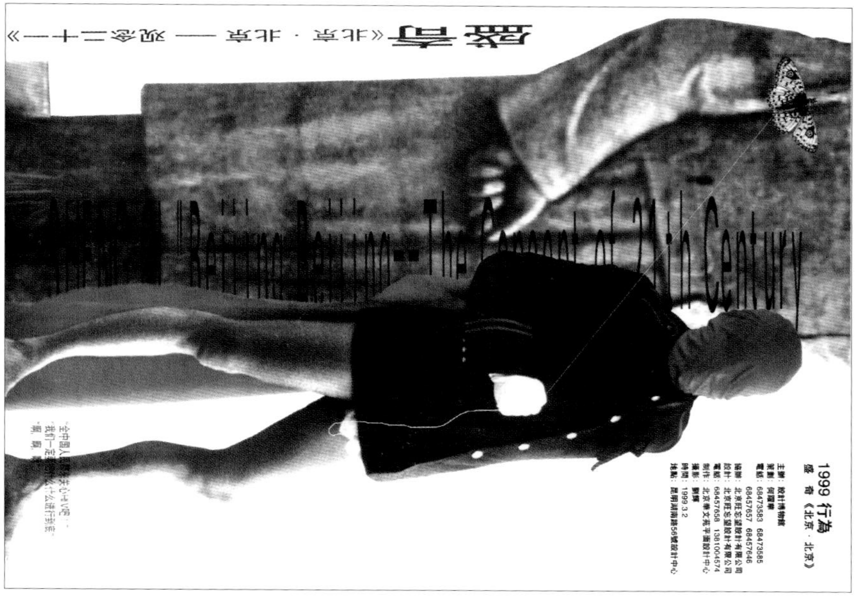

盛奇行为艺术海报

“贺艺术博物馆诞生”海报

现代人与福音——解读旺忘望的新作 周国平

现代人有爱吗？现代人有信吗？有的——■一颗鲜红的心，一张崭新的美钞，一枚别针把它们串联在了一起。标题：现代人的爱与信。■那枚别针也是崭新的，它刺穿了那张美钞，然后刺穿了那颗心。我想到了针眼，美钞上的针眼和心上的针眼，美钞紧贴着心，两个针眼几乎是重合的。我还想到了耶稣的话：“富人要进入天国，比骆驼穿过针眼还困难。”■那颗心会痛吗？会流血吗？我料想不会，因为那颗心一定是假的，是广告和卡通上常见的那种形态。而且，一颗真的心，一颗只会被邱比特的箭射中的心，它怎么能让自己为了一张美钞而被一枚普通的别针刺穿呢？■可是，我看到，分明有一滴鲜血从针眼里沁了出来。那么，这应该是一颗真的心了。那么，对于它来说，和美钞钉在一起就不是纯然的享受，同时也是一种痛苦、一种刑罚了。从这一滴鲜血中，我看到了现代人的希望。■也许，人们还会发现，与基督被钉在十字架上相比，一颗心被钉在美钞上不但是一种刑罚，更是一种耻辱。■在西斯廷小教堂的天蓬组画中，有一幅名画：《亚当的创造》。画面上，左边是亚当，右边是上帝，他们各伸出一只手。亚当的手臂轻放在膝盖上，指头是松弛的。上帝的手臂有力地伸向前，一根食指正在最大限度地向亚当的手靠近。这是创世记中的精彩时刻，神圣的生命从上帝的指尖流向人的尘土之躯。■现在，米开朗琪罗的这一对著名的手在一个简洁然而奇特的场景中再现了。我的眼前出现两台电脑，亚当的手从左边的电脑中伸出，上帝的手从右边的电脑中伸出，两只手仍保持着当初最大限度接近的状态。■标题：比特时代人与神的交接。■对于这幅画的含义，人们可以作不同的解释。譬如，你可以说，在因特网时代，人与神的交接方式发生了根本变化。既然人与人之间能够在网上联络、聊天乃至恋爱，人与神之间有何不能呢？我们确实看到，教堂、佛庙、清真寺都纷纷建立了自己的网站，进行网上传教。也许有一天，只要打开电脑，任何人都可以立即进入虚拟的天国，品尝永生的滋味。事实上，设计这样的软件决非难事。■然而，我宁愿作别种理解。我盯视得越久，越感觉到上帝那一只伸出的手具有一种焦急的姿势。聪明的人类啊，不要被你们自己制造的一切精巧的小物件蒙蔽了，忘记了你们的生命从何而来，缘何神圣。世代交替，万物皆逝，电脑是暂时的，一切都是暂时的，惟有那个时刻是永恒的，就是上帝的手向亚当的手接近的时刻。这个时刻从来不曾结束，尤其在今天，上帝的手格外焦急地向人伸来，因为他发现亚当的生命从未像今天这样脆弱和平庸，但愿网虫亚当先生能够幡然醒悟。■耶稣的头像。这大约是受洗不久的三十多岁的耶稣，刚开始他的事业，眼中饱含着智慧和信心，看上去一表人才，几乎是个美男子。此刻，这颗美丽的头颅却被一些复杂的器械笼罩着，那是一些测量微小长度用的仪器，例如卡尺之类，一旁还有标尺的刻度。不用说，某个聪明人正在做一件严肃的工作，要对上帝的这个儿子进行精确的测量。他一定得到了一些不容置疑的数据，又从中推导出了一些重要的结论，不过我们不得而知。■其实，耶稣在世时，这项用人间的尺度对他进行测量的工作就已经开始了。例如，他的本乡人用出身这把尺子量他，得出结论道："他不是那个木匠的儿子吗？"■这个历史延续至今。人们手持各种尺子，测量出一系列可见的数据，诸如职位、财产、学历、名声之类，据此给每一个人定性。凡是这把尺子测量不出的东西，便被忽略不计。那被忽略了的东西，恰恰是人身上真正使人伟大和高贵的东西，即神性。■假如耶稣生活在今天，我敢断定，他绝无希望被任何一家公司聘用，只能混迹于民工队伍之中。■当然啦，今天有发达的科学，测量工作能够深入到人体最精微的结构之中，比如基因。如果某位科学家宣布，他已破译耶稣的遗传密码，确证玛利亚无性受孕生出的这个儿子原来是最早的克隆人，我相信也不会有人感到惊诧。■人的尺度越是繁复和精致，测出的东西与神就越是不相干。放下人的尺度，这是认识一切神圣之物的前提。■这幅画的标题是：以人的尺度不能认识神。■一辆汽车在高速公路上飞驰。我们看不见汽车，只能看见它的宽大气派的后视镜。天空燃烧着火红的晚霞，这晚霞也映照在后视镜里。公路那一边，远方有一大片朦胧璀璨的灯光。真是一个美丽的黄昏。那个驾车者是谁？他的目的地是哪里？都不知道。不过，我们有理由猜测，等待他的将是一个欢乐的不眠夜。■我们看不见他眼中的欣喜、急切或疲惫，只能看见后视镜。我们看见，在这面宽大气派的后视镜里，衬着晚霞的背景，两个人影擦肩而过：迎面走来的是基督耶稣，一袭长袍，步态安详；在耶稣身后，是一个长跑者的穿白背心的背影。■在一辆时速120公里以上的汽车的后视镜里，这个场景必是一瞬间。在这个瞬间，驾车者朝后视镜瞥了一眼没有？或者，在此前的一个瞬间，当汽车刚刚越过朝同一方向行走的耶稣时，他朝车窗外瞥了一眼没有？可是，即使瞥了，他又能看见什么？在那样的车速下，耶稣与路边那一棵棵一闪而过的树没有任何区别。在最好的情形下，假设他注意到了耶稣的异样外表，他会紧急刹车吗？当然不，他一心奔赴前方的欢乐之夜，怎么舍得为路边一个古怪行人浪费他的宝贵时间呢。■那个长跑者是迎着耶稣跑

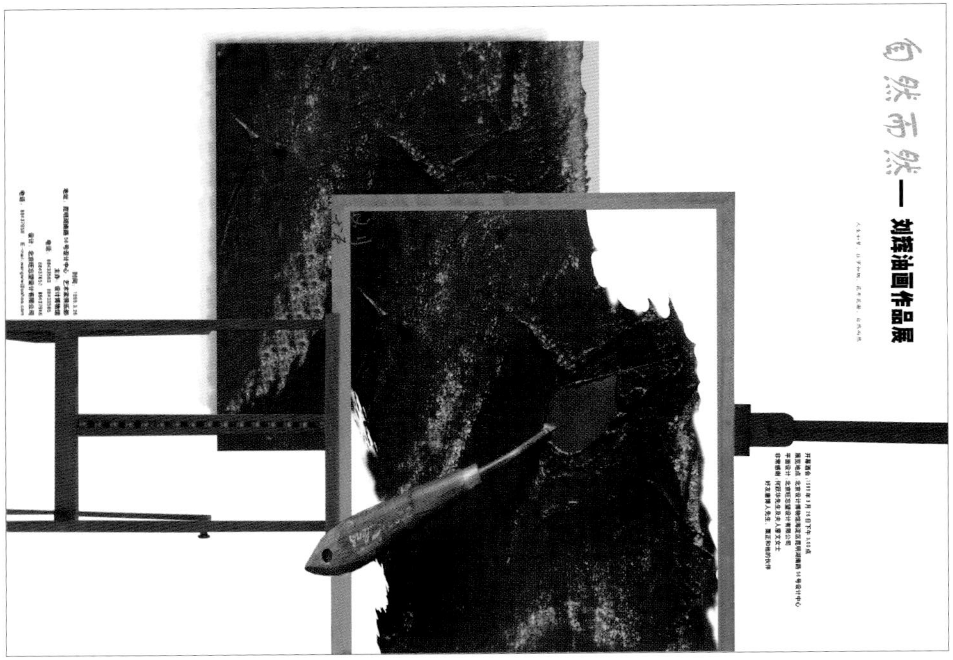

刘辉油画展海报

王迈艺术展海报

来的，刚才两人曾经相遇。他注意到耶稣了吗？显然也没有，否则，即使出于好奇，他也会停下脚步，回头观望。他全神贯注于健身，义无返顾地沿着固定路线向前跑去，对邂逅的行人不感兴趣。■这幅画的标题是：擦肩而过。耶稣早已说过："他们视而不见，听而不闻。"尤其在我们这个时代，人人都是忙人，擦肩而过更是常规。■忙于什么呢？忙于劳作和消费，健身和享乐，总之，是让身体疲劳和舒服、强壮和损耗的各种活动，人们把这些活动称做生活。■谁和谁擦肩而过？几乎是一切人与一切人。所有人都在为自己的事务忙碌着，凡暂时与自己的事务无关的人皆被视为路人，对之匆忙地瞥上一眼已属奢侈，哪里还有工夫去关注那个永远与自己的事务无关的基督或上帝呢？■于是，奔忙的身体与灵魂擦肩而过，泛滥的信息与真理擦肩而过，频繁的交往与爱擦肩而过，热闹的生活与意义擦肩而过。■开始听说旺忘望皈依基督教，我很吃惊，心里想：对于这个连名字也散发着强烈后现代气息的艺术家来说，此举是否又一个后现代的艺术行为呢？后来，在一次朋友聚会时，我和他单独交谈，带着疑团向他提了许多问题，而他则向我追叙了放纵和反叛的空虚，死亡的恐惧，以及信教以后的宁静和充实。经过这次谈话，我的疑团消释了，相信了他的皈依不是一个心血来潮的举动，而是一个真实的灵魂事件。■但是，新的担忧产生了：在他的生命冲动被基督驯服之后，他还能保持原来那种无拘无束的想象力和创造力吗？倘若世上多了一个基督徒，却因此少了一个艺术家，我不认为是一件划算的事。现在，旺忘望的新作又解除了我的这一担忧。出奇制胜的构思和拼接，强烈冲击视觉的画面，表明这些新作仍具有解构传统的后现代风格。但是，在这里，解构本身不复是目的，而成了彰显真理的一种方式，拒绝信仰的后现代在扬弃中奇特地证明了信仰的成立。■我不把旺忘望看作一个宗教画家，成为基督徒仅是他的精神蜕变的一个契机，别的艺术家完全可能遭遇别的契机。真正值得思考的问题是，对于一个现代艺术家来说，信仰和创造究竟具有怎样的关系。★2002．10．27

申云行为艺术海报

刘雨田探险项目宣传海报

海报

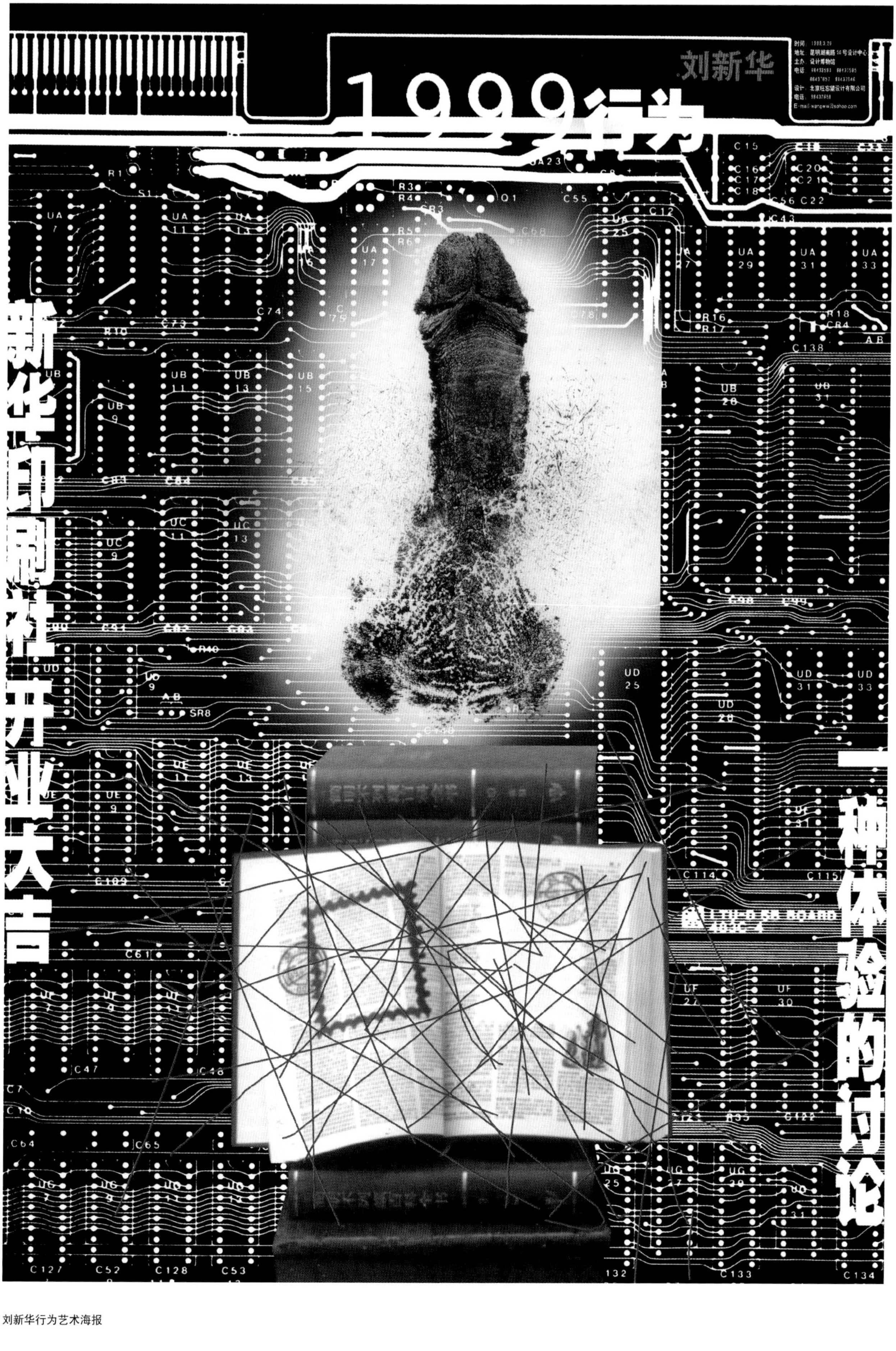
刘新华
1999行为
主办：设计博物馆
设计：北京旺忘望设计有限公司
E-mail:wangww@sohoo.com
新华印刷社开业大吉
一种体验的讨论

刘新华行为艺术海报

大合作——安抚或反恐怖
A GRAND COOPERATION - PAUFICATION OR AUTI-TERRORISM
A GRAND COOPERATION - PAUFICATION OR AUTI-TERRORISM

申云行为艺术海报

“太湖美”邀请展海报

《一路奔走》书籍推广海报

告别彷徨——评旺忘望《擦肩而过》 余杰

二十世纪二十年代，当鲁迅发表他最优秀的短篇小说集《彷徨》的时候，也许并没有明确的意识到：在此后将近一个世纪的时间里，中国人在走向“现代”的道路上，一直处于“无地彷徨”的困惑和痛苦之中。在既没有“天上的灿烂星空”、也没有“内心的道德律令”的中国，紫禁城里的那把“龙椅”便兼两者的价值而有之。从古至今，少数的君主围绕着这把“龙椅”不惜“伏尸百万、流血成河”，而大部分民众则茫然的生活在“十步之外伸手不见五指”的迷雾里。今天，我们不得不痛苦的承认：我们每一次经过深思熟虑而作出的选择，恰恰是一最坏的选择。今天，我们不得不悲哀的宣布：我们每一次克服艰难困苦而进行的“革命”，最后却导致了“反革命”的粉墨登场。我们依然没有走出《红楼梦》的“风月宝鉴”、依然没有走出《好了歌》的哀叹——“乱哄哄你方唱罢我登场，反认他乡是故乡。”■中国还存在着“故乡”吗？中国人的“故乡”在哪里呢？今天的中国，一方面是“物欲横流”，另一方面却是“信仰饥渴”，“多”与“少”的背逆，怪异的纠结在一起。在这样的社会背景下，基督徒画家旺忘望的新作《擦肩而过》堪称是对二十世纪中国的命运的最精妙的隐喻——在一条宽阔平坦的高速公路上，在一辆汽车闪烁的后视镜中，定格了这样一个神奇的瞬间：穿着长袍的基督耶稣款款地向我们走来；而一个穿着背心短裤、身体强健的运动员却沿着相反的方向越跑越远。他们也许相遇过——在空间的意义上；他们依然没有相遇——在心灵的意义上。■显然，高速公路和汽车是二十世纪工业文明最突出的象征物。同时，他们也是一百年来中国人雄心勃勃要“超英赶美”的标志物。似乎只要中国拥有了比英美更长的高速公路、比欧美更多的汽车，就真正战胜了英美。与画面中的高速公路和汽车相比，我更感兴趣的是那名长跑运动员。在我看来，他暗示着二十多年来在中国本土畸形发展的“体育热”以及背后的“体育强国梦”。上个世纪七十年代末以来，“体育现代化”是除了“四个现代化”之外的“第五个现代化”：当年，中国女排的“五连冠”就已经同“振兴中华”挂上了钩；进入九十年代以后，面对巨大的信仰真空，体育作为一种“准信仰”（或“伪信仰”），在填满狂热的民族主义情绪之后，开始在中国人的日常生活中发挥重要的作用。体育已远离了古希腊奥林匹克运动的真谛，它不再是美、力量与和平的展示，而成为政治和商业的怪胎，也成为某些在文明程度上“落伍”的国家的精神

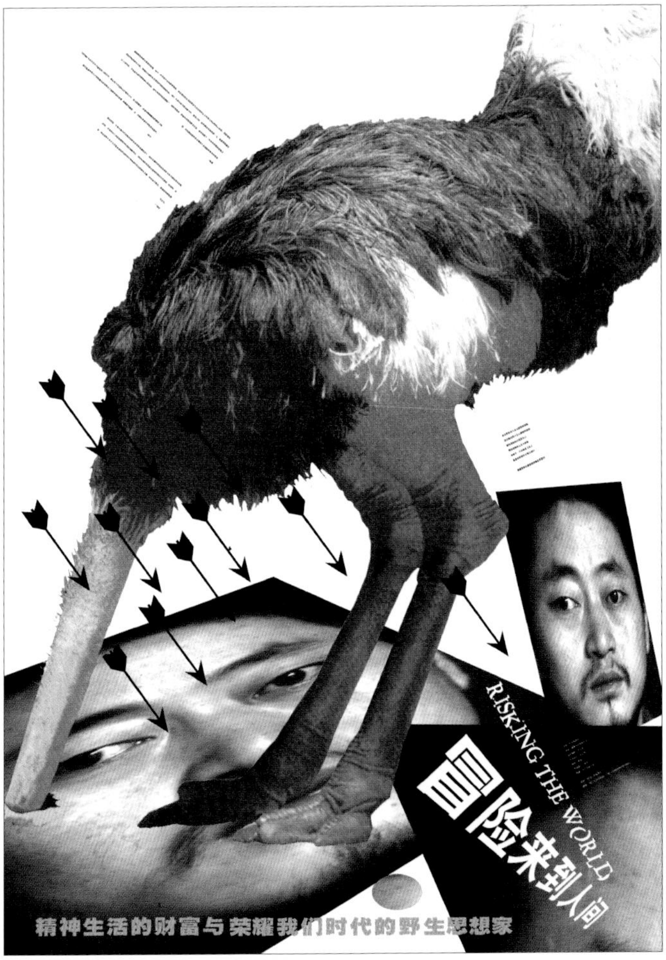
RISKING THE WORLD
冒险来到人间
精神生活的财富与荣耀我们时代的野生思想家

愈心焦艺术海报

1999.5.7
WANTED
通缉令
通缉战争罪犯
THE ABOVE-LISTED PERSONS ARE SUSPECTS OF WAR CRIME AND
ANTI-HUMANITY
CRIME
PURSUANT
TO INTERNATIONAL LAW,
ALL THE SUSPECTS ARE WANTED SINCE THE DATE HEREOF.
ANY PERSON WHO WILL PROVIDE ANY INFORMATION WHICH LEADS
TO THEIR ARRESTMENT WILL BE AWARDED A CHOCOLATE BAR

“通缉战争罪犯”行为艺术推广海报

鸦片和宫廷杂耍。某些人竭尽全力要制造这样一种逻辑思路、并向普通人贯彻之：几名运动员获得了金牌，就是全民族的胜利；体育领域的胜利，就是综合国力提升的表征。因此，继续推展开去，体育完全可以担当“中华文明伟大复兴”的“华表”。

然而，旺忘望却通过这幅作品作出了一种迥然不同的回答。他认为，那个奔跑的运动员不仅背离了耶稣，也背离了爱；不仅错过了心灵对话的机会，也错过了生命重生的契机。其实，那个奔跑的运动员正是一个多世纪以来都在不停的“追赶”的“中国”的缩影。旺忘望用这幅作品告诉我们：“午夜狂奔”和“午夜彷徨”一样都盲目的，如果没有文化艺术和心灵这两个层面彻底的“除旧布新”，即使我们的高速公路越修越长、汽车越来越多、奥运会金牌的排名节节上升、足球能够“冲出亚洲、走向世界”，中国的根本问题依然得不到根本性的解决，中国人依然无法真正告别“彷徨”的生命状态。是的，跑的快有什么意义呢？如果我们在“南辕北辙”的话，速度的加快反倒只能导致错误的加大。

作为一个基督徒艺术家，旺忘望以他卓越的艺术创造和真实的生命之旅，彰显了信仰与中国当代艺术之间的血肉联系。从上个世纪八十年代以来，旺忘望以“后现代”的反叛姿态开始了他的艺术之旅，他既反叛中国的传统文化，也反叛现代主义及其此前整个西方艺术史。然而，在喧闹与骚动之后，在惊世骇俗与自我放纵之后，旺忘望发现面前是一片“一无所有”的“荒原”。此后，是

《启示录》海报

主耶穌要突然再臨世間，全人類都要知道他是
接他們的救主，心裏洋溢着贊頌的樂歌；而他的
來對抗基督和他的大軍。但誰能在神的震怒下
苦的奴僕耶穌，是滿有權能、得勝的君王和審

《无常女吊》话剧海报

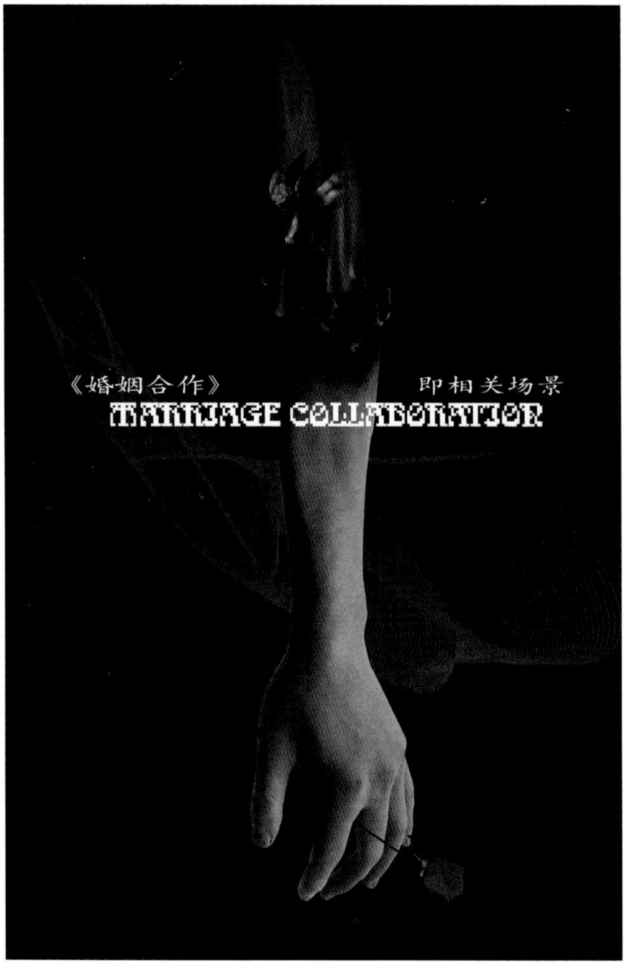

《婚姻》戏剧海报

龚晓婷艺术海报

漫长的艺术的停滞、身体的放逐和精神的挣扎。当他意识到反叛不能实现艺术更新、审美也无法达成生命和谐的时候，他终于向真理靠近、向爱靠近、向神靠近，成为了一名基督徒。世纪之交，有相当一部分的艺术家和青年知识分子都“不约而同”地作出了这样的选择。而这一次的选择将不再是“无用功”，正如刘小枫在《拯救与逍遥》中所说：“当人感到处身其中的世界与自己离异时，有两条道路可能让人肯定价值真实的前提下重新聚合分离了的世界。”一条是审美之路，它将有限的生命领入一个在沉醉中歌唱的世界，仿佛有限的生命虽然悲戚、却是迷人且令人沉溺的。另一种是救赎之路，这条道路的终极是：人、世界和历史的欠然在一个超世上帝的神性怀抱中得到爱的救护。审美的方式在感性个体的形式中承负生命的欠然，救赎的方式在神性的恩典形式中领程欠然的生命。”旺忘望正是由“审美”走向了“救赎”，我们在解读他的作品时，必须将其放置在这段“信仰之旅”的脉络中才能“豁然开朗”。

旺忘望的选择，不仅是一种艺术姿态和文化立场的选择，更是一种心灵状态和精神境界的选择。旺忘望在这幅作品中揭示了当代中国与真理“擦肩而过”的现实，这是一种活生生的，这也是一种可怕而可耻的现实。这是一个离心灵最远的时代，这也是一个离心灵最远的国度。“此时此刻”才“最危险”。学者范学德《人没有上帝是可悲的》一文中谈到大科学家、大思想家帕思卡尔对信仰的认识，帕思卡尔说：“人们缺少心灵；他们不肯和心灵交朋友。”人们缺少心灵的标志是什么？这就是人一不能认识上帝，二不能认识自己。人若不接受耶稣为主，那么，他就不可能认识上帝；而人若不认识自己的罪，那么，他也绝对不可能认识他自己。人拒绝认识自己与拒绝认识上帝是不可分的，就像帕斯卡尔所说：“人不外是伪装，不外是谎言和虚假自己，无论是对自己也好还是对别人也好。他不愿意别人向他说真话，他也避免向别人说真话。”在我们的现实生活中，长期以来都是“谎言共‘道德’一色，暴力与‘正义’齐飞，”法律成为金钱的奴隶，“伦理底线”不断被突破。我们每个人都在“心安理得”的过着“双重生活”，恰如帕思卡尔所说：“很少有人是在谦卑地谈论谦卑的，很少有人是在贞洁地谈论贞洁的，很少有人是在怀疑中谈论怀疑主义的……我们在向自己隐瞒自己并矫饰着自己。”也正如旺忘望的这幅作品所显示的那样：我们都是“镜子里的人”。旺忘望的这幅《擦肩而过》，其实还可以加一个副标题——“我们的精神困境与精神出路”。非常巧合的是，最近一位基督徒学者基甸也写了一篇题为《精神困境与精神出路》的文章。在文章中，他谈及我的另一位朋友任不寐的学术转向和生命更新（与旺忘望有相似之处），他在读任不寐的相关文章时有这样的感受：“我一边看，一边深深的感动，为我们承受的精神痛苦而悲伤，为我们经历的精神苦难而在心里哭泣，也不由为我们的精神出路而祷告。”基甸继而谈到包括我在内的一批对基督教文化有浓厚兴趣的年轻文化人，他说：“我常常为他们对中国青年知识分子精神困境的敏锐洞察和深刻洞悉而赞叹，也不断为他们在心里面深切的祷告——他们所谈的信仰问题，正是人类心灵对终极真理、对上帝、对‘十字架上的真’（刘小枫语）的恳切的寻找和呼求啊！以他们深刻的思想和思考，这种对于精神困境的‘危机感’，我相信绝对不是‘为赋新辞强说愁’的无病呻吟，而是人在‘没有上帝’的困境中发出的最真实、最基本的吁请神圣的呼唤。”我想，旺忘望、任不寐和我以及身边许许多多的朋友，都是“在路上”的旅人。旺忘望的这幅《擦肩而过》，与其说是在凸显一种触目惊心的事实，毋宁说是在旷野中发出痛切的呼喊：没有信仰的人生、没有爱的人生，是不值得过的人生。在经历了一百多年的“彷徨”之后，我们应当“告别彷徨”了，而“告别”的前提是：让自己成为一个有信仰的力量的人、让自己成为一个有爱的能力的人。我相信：当我们由“擦肩而过”变成“真情拥抱”的时候，我们也将拥有恒久而深切的爱。★

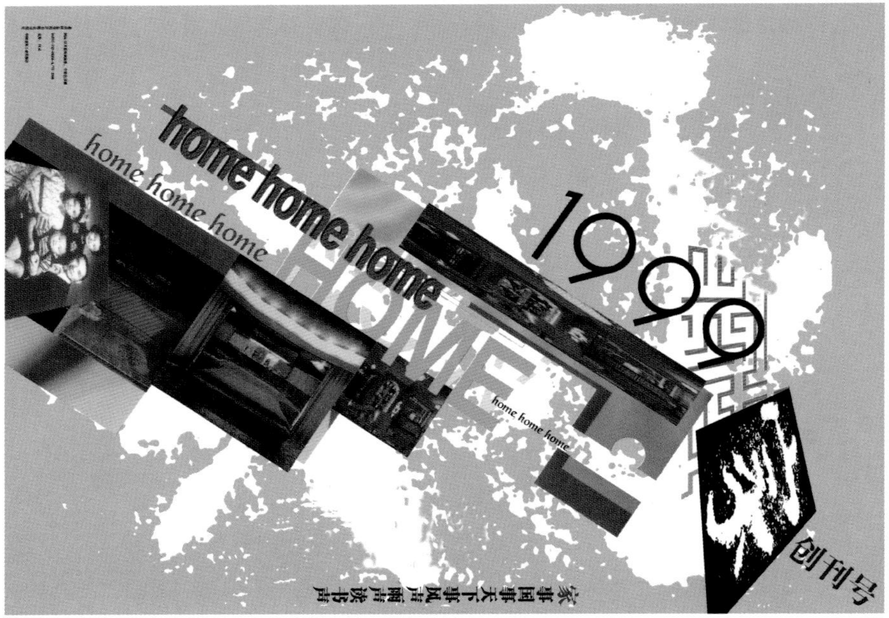

《家》杂志推广海报

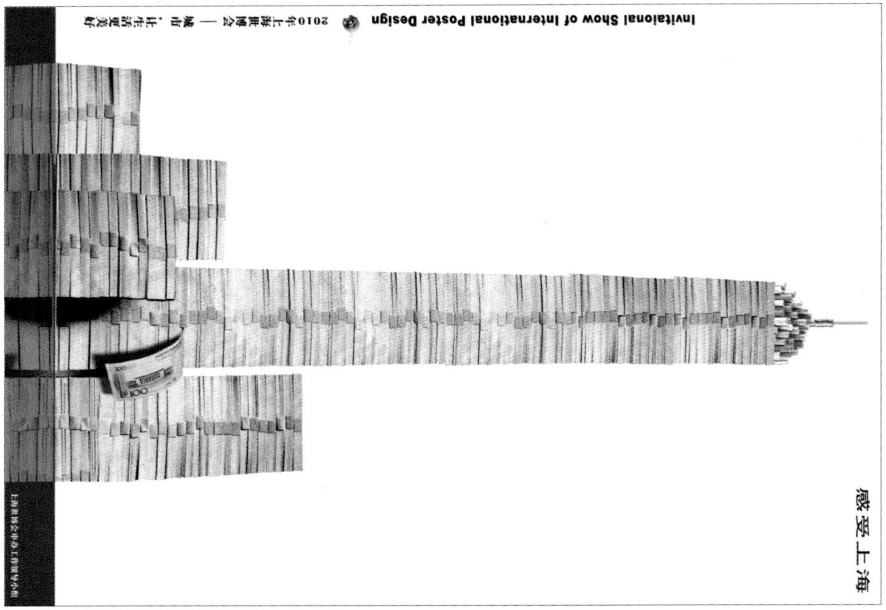

“上海世博会邀请展”海报

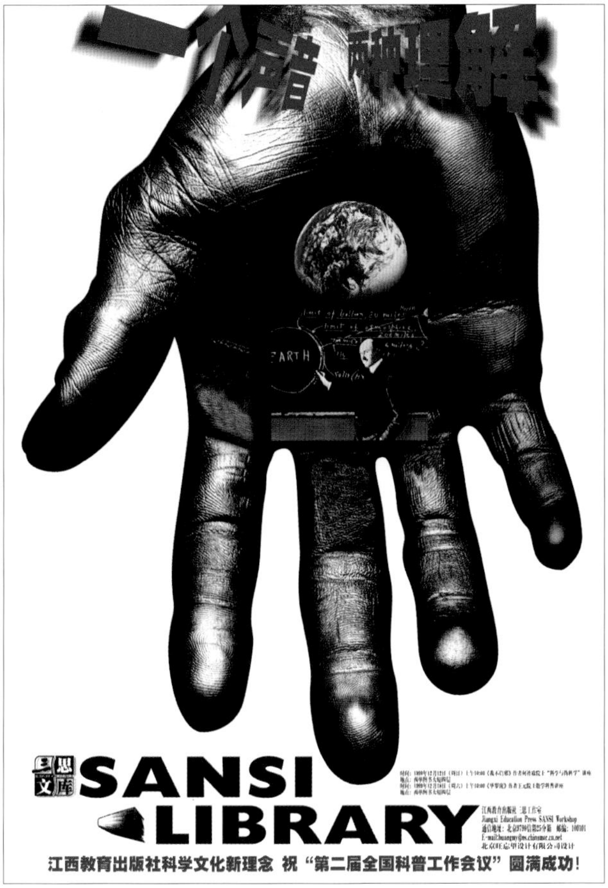

"第二界全国科普工作会议"海报

"总统套房"小说推广海报

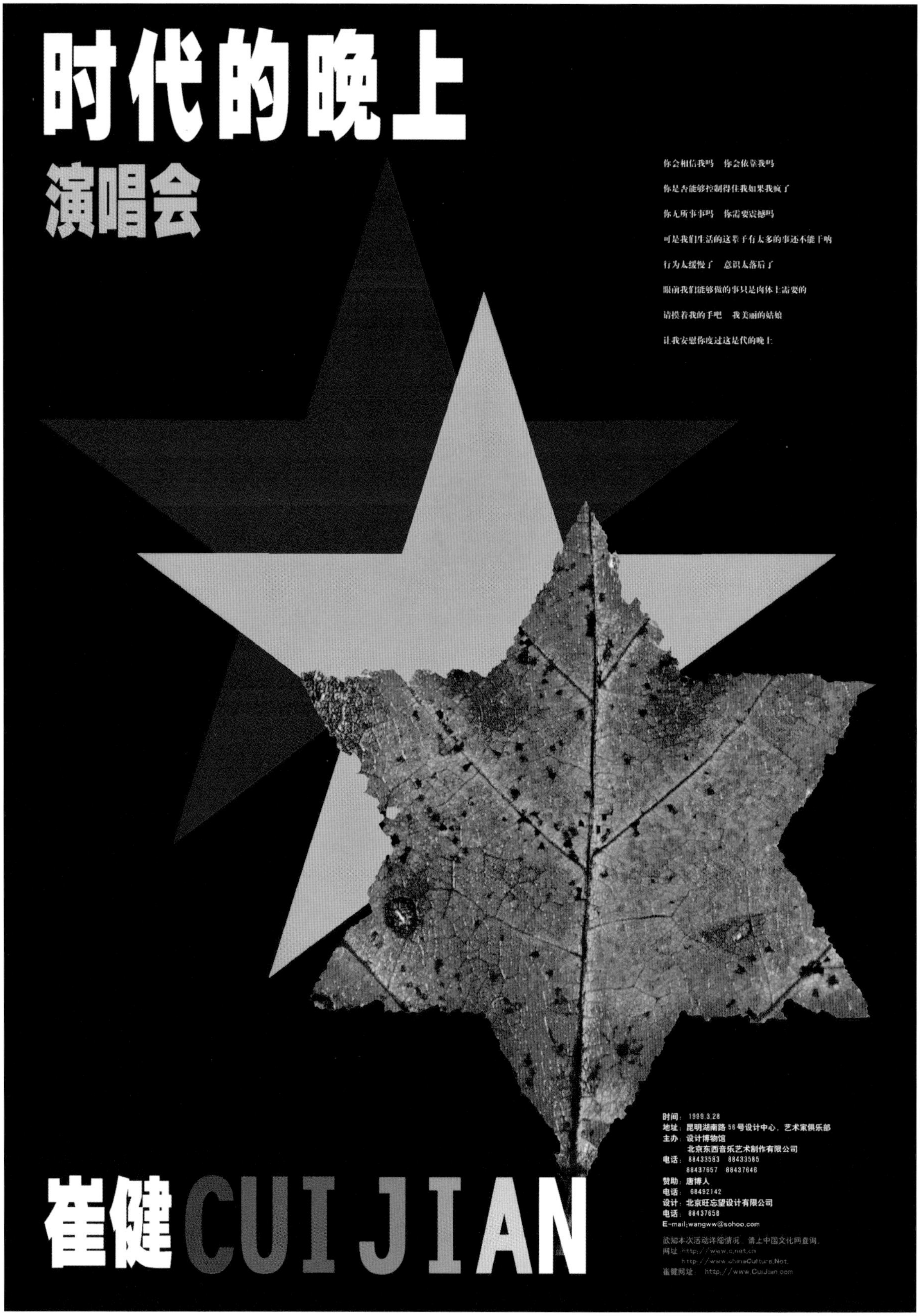

崔健“时代的晚上”演唱会海报

设计是服务不是服从摘自《华夏人物》杂志

记者：我注意到你给一家房地产公司设计的系列广告海报，非常前卫。其中一幅甚至用了“朋克”发式（现在又译成“叛客”），头顶上染成绿色，下边好象是用推子推出的四个英文字母。在目前的中国，商业上的前卫设计不是很多，你认为前卫设计能被我们这个时代的大多数人欣赏和接受吗？■旺忘望：肯定能接受，但要有个过程。我接触的很多商业客户是非常保守的，他们以自己习以为常的见解让你为他的产品设计。但在我心里，设计是服务，决不是服从。我会站在专业的角度上，以二十多年的美育修养，本着真正为客户服务好的精神，设计出与众不同的作品。前卫不过是超越正常，步子走的快一些。而今天的前卫到了明天可能就是传统了。商家如果不会欣赏前卫的设计，就说明他不是一个具有现代意识的商人。他多半是缺乏创新意识，没有预见性，只好在传统的框框里得到一时的安全感。有时是商家用自己的保守，来想象和代替他们的客户的想法。其实，中国年轻一代是完全能够接受和欣赏前卫的概念的，中年人也没有什么抵触。我们可千万不能小看当今的消费者。我碰到的很有超前意识的企业家比较少，你刚刚提到的那家房地产公司是和我一拍即和的人。他们就怕你设计的不够前卫、太过传统，于是要想方设法怂恿你胆子再大一点，做出一种别人从来没见过的东西。当我给这样的企业家做设计时，会感到一种从未有过的创作快感。试想，当你给一个有前卫意识的商家做设计并联想到这个作品会给消费者带来什么样的惊喜和震撼时，难道还有比这个更能使人快乐的吗？■“旺忘望”是怎么回事■记者最早听别人介绍你时听到这个名字，以为是个外号象学狗叫“汪汪汪”。后来才看到你的名字是这样的，一直想问你，“旺忘望”这三个字是怎么回事？■旺忘望：这是我最喜欢的三个字，花了不少劲想出来的。1988年我第一次为丛书设计封面，第一次正式用了“旺忘望”这个艺名。这套丛书是“中国革命斗争报告文学丛书”，其中一本《雪白，血红》描写辽沈战役和林彪的军事生活，影响很大，招来了很多的盗版。于是我的艺名就随着这套丛书，特别是盗版书广泛地传播开了，记得88年当时的文化氛围是很浓的，尤其是在北京。美术界“８５美术思潮”运动已经步入尾声，西方的各种艺术流派和艺术思维都不同程度的受到模仿和应用，其中“达达”主义的反传统、打倒权威、破坏即定规则的精神深深地影响了我，我的艺名就是在这种影响下出来的。如今，有很多朋友说我的艺名从符号学角度上说是“能指”和“所指”都到位了，达到了字形和字意都过耳过目不忘的地步。听音就是“汪汪汪”，类似犬叫，单纯、幽默又使人尴尬，极赋传播效力。从三个字的组合来看，体现了我的人生理念，严肃又具有心理励志的暗示作用。第一个字“旺”让我去积极的对待人生，乐观向上、锐意进取，不怕失败，把自己的事业做到兴旺发达，总之这个“旺”是青春、激情、创造的体现。第二个“忘”是最有意义的，也是最难达到的境界，

余杰《香草山》书籍推广海报

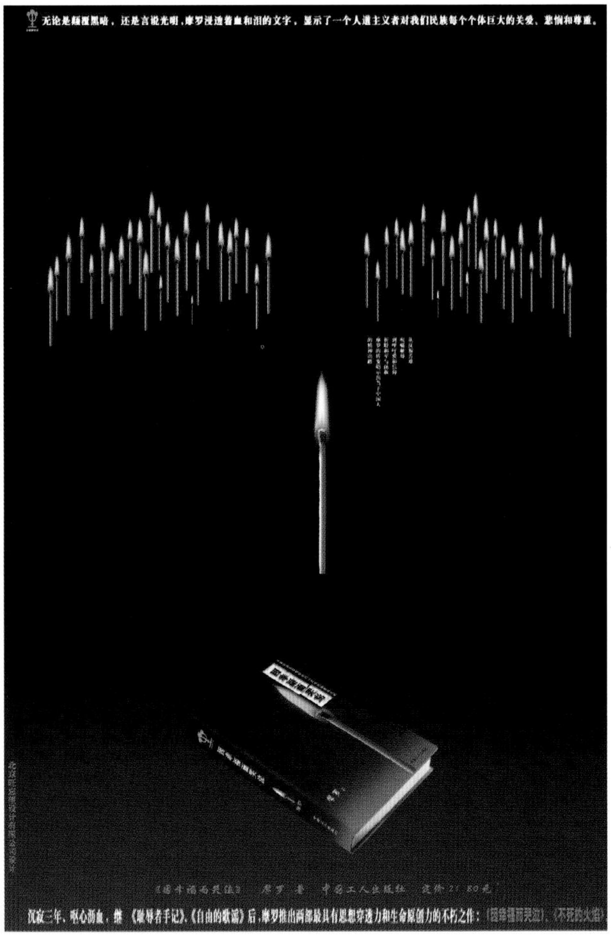

摩罗《因幸福而哭泣》书籍推广海报

余杰《香草山》封面

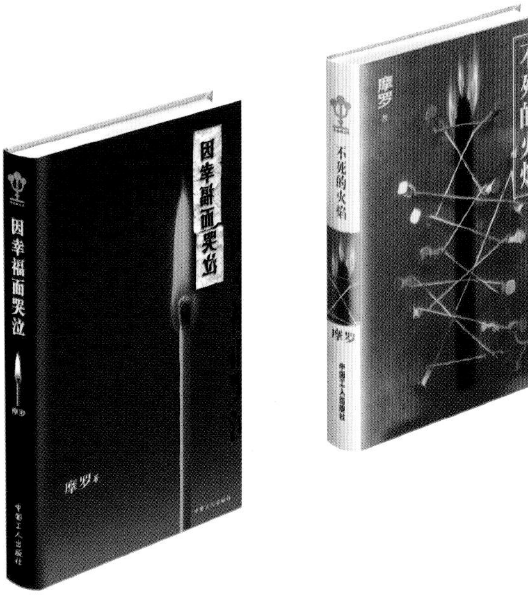

摩罗《因幸福而哭泣》、《不死的火焰》封面

余华书籍系列推广海报

影响我的 10 部短篇小说推广海报

余华书籍系列封面

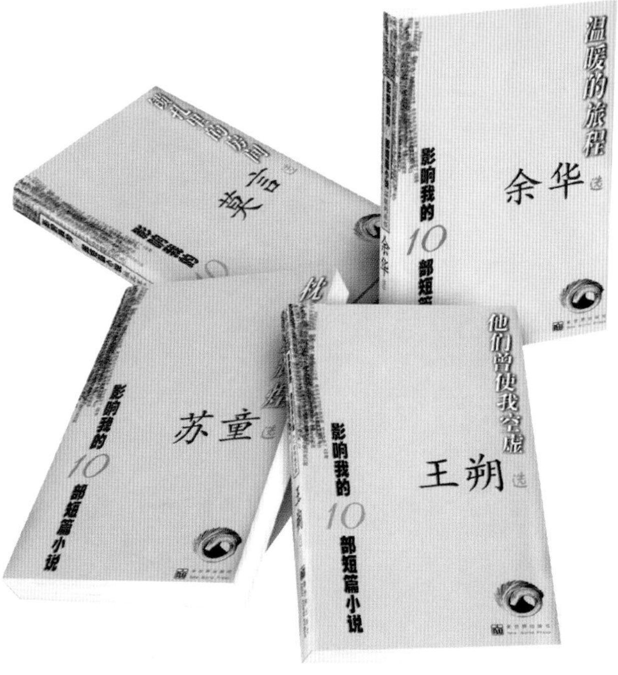

影响我的 10 部短篇小说封面

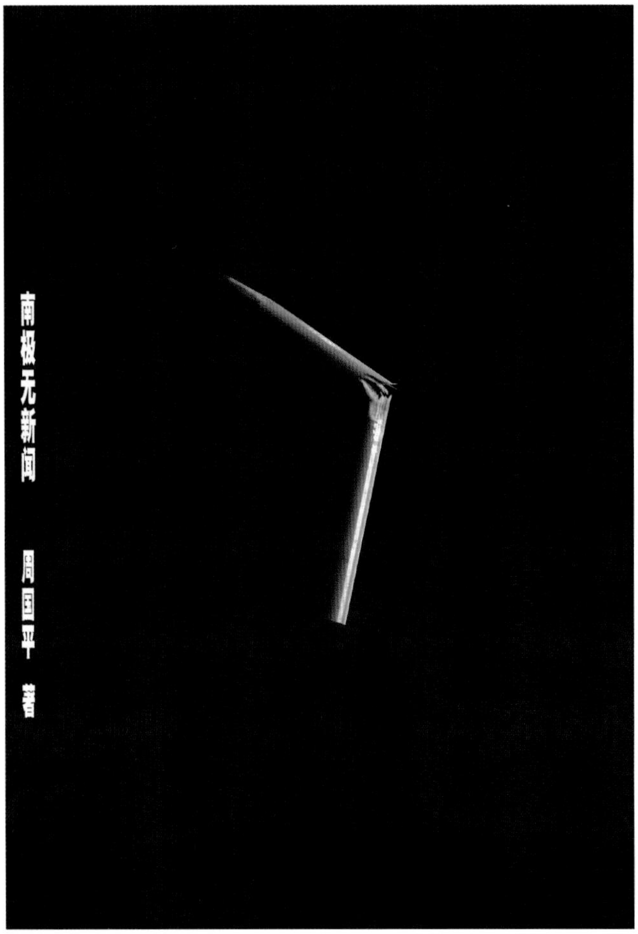

周国平《南极无新闻》书籍推广海报

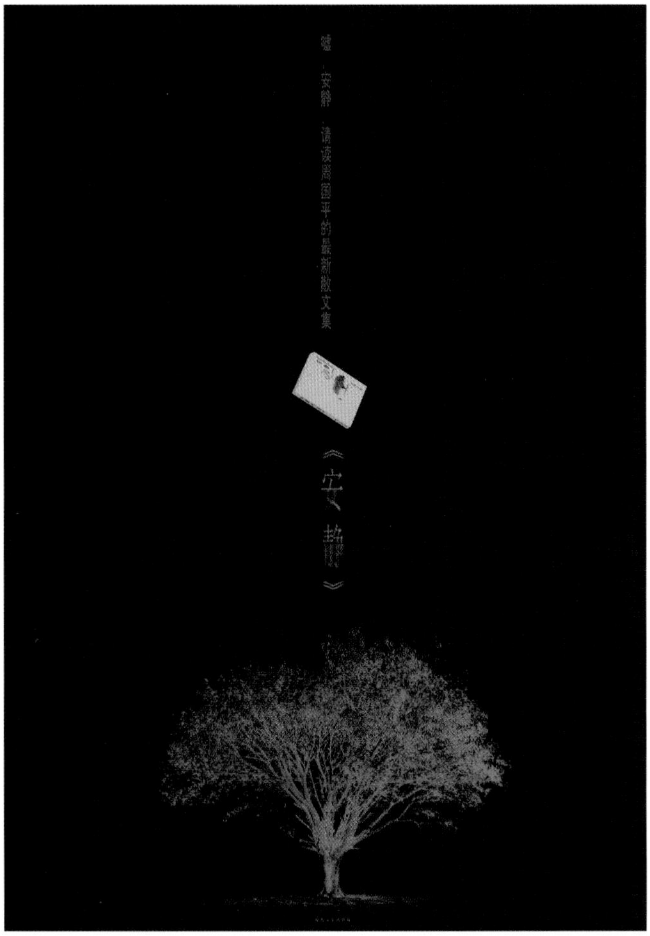

周国平《安静》书籍推广海报

周国平《南极无新闻》封面

周国平《安静》封面

王朔《无知者无畏》书籍推广海报

棉棉《糖》书籍推广海报

王朔《无知者无畏》封面

棉棉《糖》封面

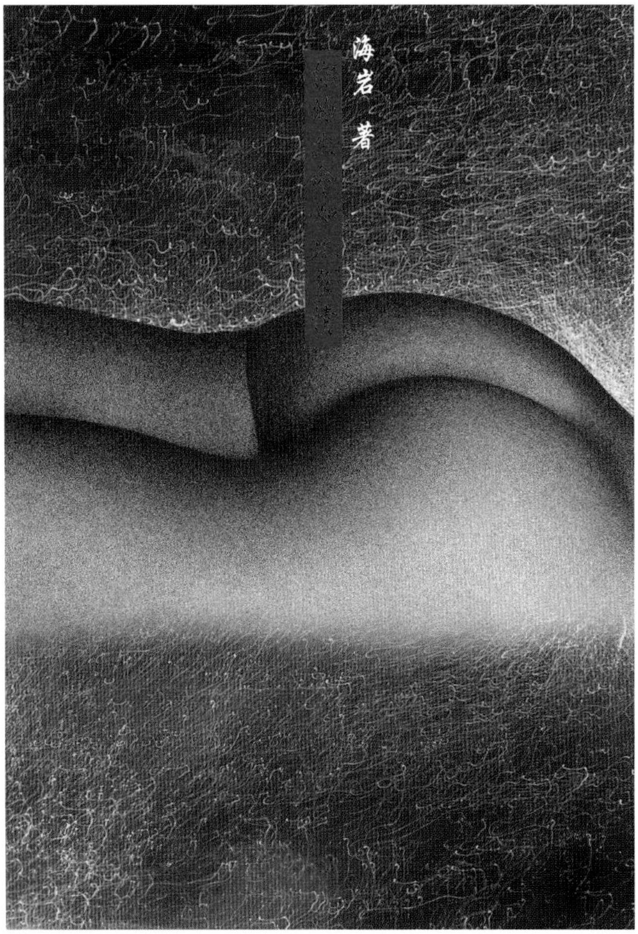

海岩《你的生命如此多情》书籍推广海报

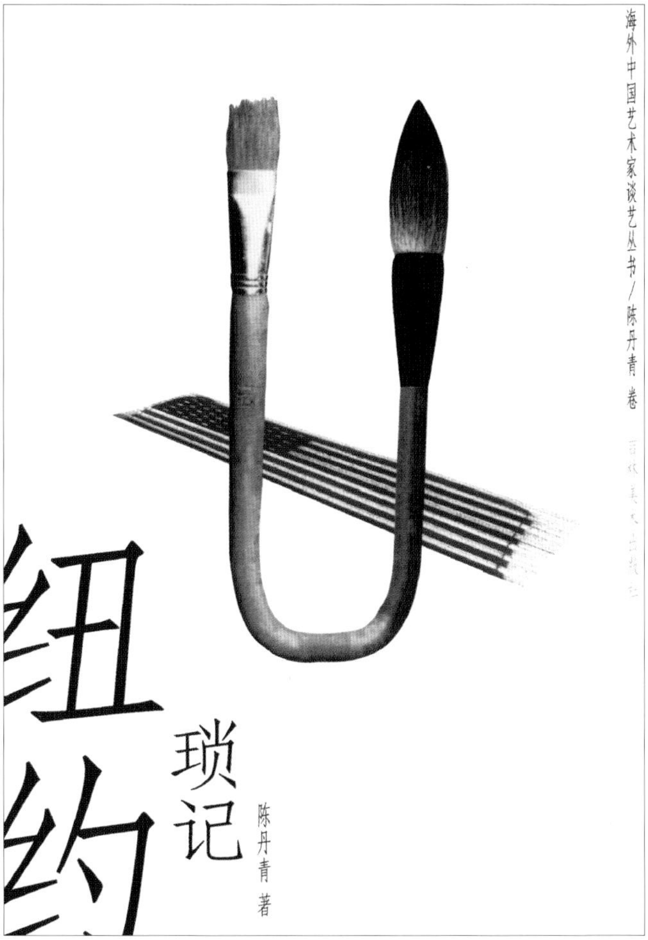

陈丹青《纽约琐记》书籍推广海报

海岩《你的生命如此多情》封面

陈丹青《纽约琐记》封面

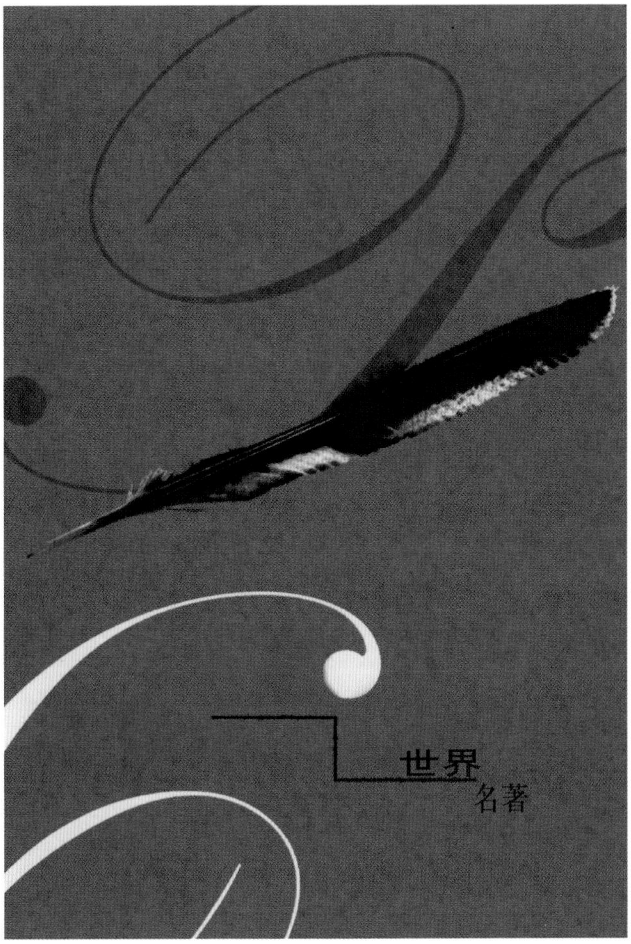

世界文学名著系列丛书推广海报

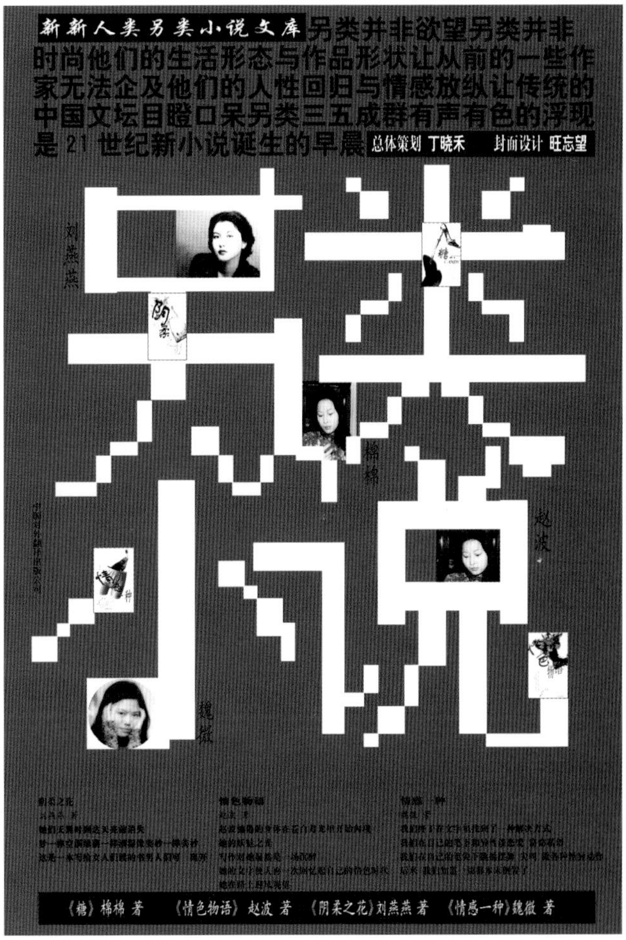

新新人类另类小说推广海报

世界文学名著系列丛书封面

新新人类另类小说封面

《唐诗》《宋词》《元曲》封面

《唐诗》《宋词》《元曲》书籍推广海报

《新诗 300 首》封面

《新诗 300 首》推广海报

它指的是当下的状态，是以自己的过去为基础的对自己的再认识。如何忘记过去的所得所失，消解种种心理障碍，使现在时处在一种轻松的忘我的境界，是决定能否把事业做得更好的关键。这个“忘”是修炼的过程，实在是太难了！如今“旺忘望”这名字已用了11年了，每当我在做具体的事情时，却依然难以“忘”却很多东西，常常不知不觉就陷进细节、难以自拔，影响了宏观的视野。因此我感觉这个“忘”字很叫劲，你越该忘的东西一使劲又不会“忘”了。这种认识类似佛教所讲的“心应无所住、而生其心”，是很微妙的。也许一生过去了，还是在“忘”字上打转转，永远超越不了。但也正因如此，这个“忘”字才显示出了它的深刻。我注意到中国一位政治家说过什么对他来说是“无所谓”的，一位音乐家说过他是“一无所有，从头再来”，一位美学家说他要“以出世的精神，做入世的事情”。我的“忘”字与他们是有共识的。第三个“望”字是前两个“旺、忘”的正果。如果真的能达到事业兴旺，又无所谓，那自然就进入了一种自由、自信、自在的大无碍境界，人生也就成为一种有希望的存在。■“反设计”■记者你把你的设计风格用“反设计”这三个字来概括，能详细解释一下吗？■旺忘望：“反设计”就是反传统，反已成模式的设计。刚从工艺美院毕业的时候，我喜欢具有绘画性的设计语言，过了一些时候又厌烦了这种繁杂的结构，于是又爱上超现实的意念和荒诞语言。在这个时期，我设计了两套我个人的重头作品：挂历《怀念毛泽东、感激邓小平》和招贴画《纪念世界人民反法西斯胜利五十周年》。这两套作品运用了舞台上的光效和深度透视的现实主义处理方法，利用具有神话魅力的公众符号进行打散重构、造成陌生情境，让它们产生出一种深远的、厚重的、史诗般的视觉效果。这之后我又做了一些POP性很强的设计，如大量的图片拼贴、鲜艳的色彩，使视觉效果活泼、跳跃。现在我又喜欢极简主义和另类图片，还有庞克海报和破格字体排版。我在工作中总是尽力在语言系统上和意义系统上进行实验和探讨，拓宽设计的语言范围。设计是创造性的工作，同其他艺术创造一样，求新、求异、求变是共同的精神趋向。纵观整个艺术史和设计史，都是在前卫精神引导下向无限的可能性拓进，而一次试验就开辟出一条新的大道，再一次试验又走出大道进入另一条大路，这就是一切进步的根源所在。我的设计也是这样走过来的。总之，每次的“喜新厌旧”都是一次对自我的突破。在艺术家里我特别喜欢毕加索，他是“变化”和“创造”的代名词。创新的意识是艺术家最重要的品格，不破就不会立，所以，“反设计”是一种前卫的设计。■记者：海报、广告画或者是封面设计想要获得成功，最重要的因素是什么？■旺忘望：主要看你的五大元素好不好，即创意、图形、色彩、字体编排和综合效果。一般参加比赛时，评判也是根据这些元素打分。在这五大元素里，创意是设计作品的灵魂，我们的专业术语叫意念。我们的手段就是通过这个好的创意，让受众产生视觉联想，产生我们所期望的心理感应。这五大元素中的其中任何一项做得不好，都会影响到整体及减损综合效果。所以设计师都很在意每一元素的基本训练。我个人的追求是：画面简洁、鲜明有力，意念巧妙，传达准确。这是我的设计主导原则，一般来讲就是选形比较奇异、动态较大、事件奇特、心理变异、重心倾斜，力图使画面具有视觉冲击力。我最喜欢的设计师是德国的大师冈特·兰博。他的每幅作品都是意念新颖、制

1

2

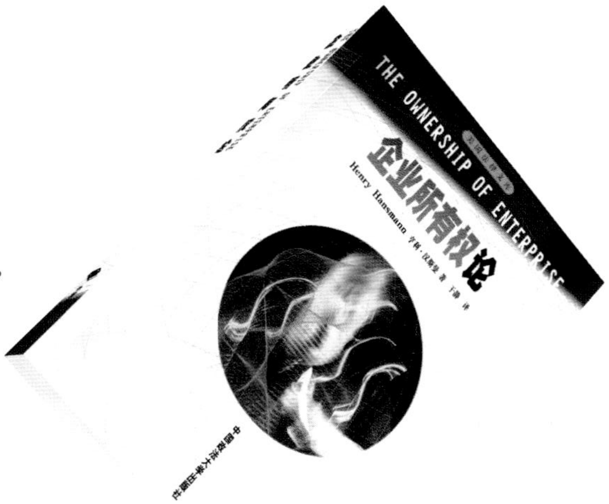
3

1 司马迁《资治通鉴》封面设计
2 向群《黑经》封面设计
3 亨利·汉斯曼著 于静译《企业所有权论》封面设计

作精良、图形张力极大，有一种震撼力，被设计界誉为“视觉诗人”这些年国内的设计水平提高的很快，但同艺术界一样原创的东西太少，而且受日本的影响较大，设计风格趋于一种恬静、玩弄一些小边小线的意思，缺少德国那种力度和理性，这不能不说是一种缺憾。本来，中国历史上有很多极优秀的艺术作品，如汉代的石雕就很大气，几斧子就砍出一个特别整体的形，透出一种浑厚、单纯的美。中国应该形成自己的设计风格，一种大中国的设计格调，这样才能在国际的设计格局中占有一席之地。总之，成功的海报和广告画就是那种透着直接、有力和震撼的东西，让人过目后回味无穷。■我的创意时有时无■记者：听说你最早是学雕塑的，画画也不错，为什么不做艺术家要做设计师？是不是做设计师比做一个纯艺术家更现实些？■旺忘望：这是我的观念逐渐转变的结果。九十年代初时，艺术在我脑中的概念发生了变化。那时我整天在想，艺术到底是什么？它对个人、对社会到底有什么用？实际上考察一下国外的美术发展史，就能看到艺术是和时代紧密相联的。咱们中国古人也说过“笔墨当随时代舞”。如果一个时代发生了变化而艺术却没变化，那一定是艺术出了问题，诸如色彩、构图、材料、肌理等等形式美的问题已解决的差不多了。所以，在极少主义之后，艺术概念自然就会无限扩张，产生出许多观念艺术、叠加重合又生成了很多边缘艺术。在一个开放的多元化的文化背景下，传统的艺术观念受到颠覆，艺术转而更加关心外部问题，也就是与社会的关系问题。这样一来艺术家的角色就发生了变化，他不再仅仅是审美的创造者，更多的具有了文化的思考与批判的色彩。随着中国改革开放向纵深发展，市场经济逐渐成熟，人们在转型时期，理想和价值观发生了很大的变化。很多不适应转型的艺术家，已经不能再以敏感的思考去分析新鲜的问题了。农业时代形成的艺术观认为，商品不能产生艺术，因为当时的人们不认为艺术也是一种交换，即一种精神产品的对换。此外，传统的艺术是作坊式的，是个人化的，传播的路径极窄，艺术家真是有一种呆在象牙塔里的感觉。他们的创作变成孤独的个人内心独白，他们与社会的距离越拉越大。而哪一位艺术家不渴望自己的艺术传播面更宽广一些，影响更深远一些呢？所以，当我想到这些，我的艺术观也就变了。我发现了设计是很好的艺术展现形式，它与时代的发展是紧紧相联的，是站在商品经济最前沿的应用美术。设计还是在诸多限制当中完成美的传达的，优化着生存的环境。我想强调的是：要把文化观念输入进商业设计，以国际化的交流语言对其进行编译，然后再用大众传播媒介输出——使商业设计的创作、制作和输出过程成为有机体。当每一件商品都充满着艺术的暗示时，人们才会感到生活是很美的，充满了魅力。■记者你说过人要有轻松自由随意的生活状态，才会比较有创造性，我仍想知道你的创意大都是在什么情况下产生的？■旺忘望：我的创意是时有时无、时好时坏，因为生活就是时而轻松、时而紧张的。好的创意当然是来之不易。创意这个东西实际上是一个人的想象能力，这种能力是需要培养的，跟教育的关系极大。中国做艺术的人基本功练的都很扎实，因为这方面的教育跟上了，可想象力这块始终缺乏教育。我觉得这与文化传统有关系。没有想象就等于没有创造，没有创造哪能有先进的文化，没有好的文化，哪来的创意人才？轻松随意的生活来自宽容的心态和透彻的认识，水到渠成、瓜熟蒂落，一切都是自然而然。

1

2

3

1《六种能力》封面设计
2 海明威《老人与海》封面设计
3 刘进译《傻钱》封面设计

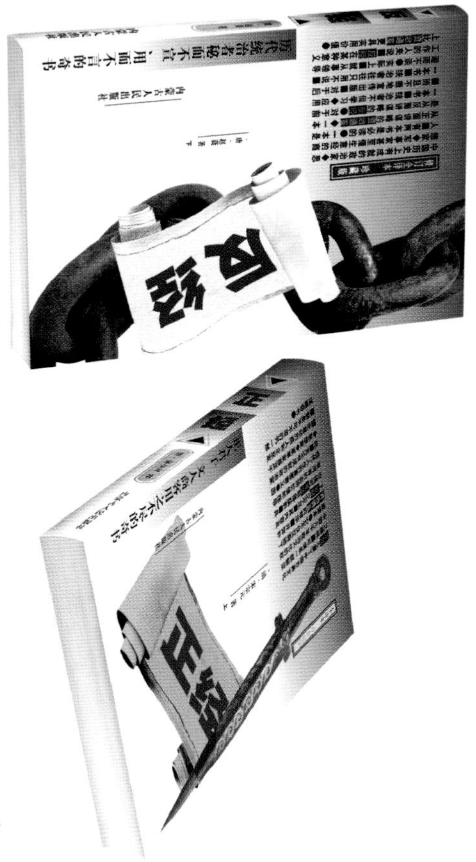

1《反经》、《正经》封面设计
2 铁凝《甜蜜的拍打》、《B成夫妻》封面设计

除了有轻松的生活，创意还需要细心观察，积累素材，这时才能用一个图形说出众多的含义。我喜欢同圈外的人交朋友，音乐、戏剧、电影、文学、商业，各个领域的朋友。通过与他们交谈我能学到很多东西，有时甚至不用看书，一晚上的神侃就能让你收获很多。实际上，好的创意都是触类旁通的。香港的一位设计大师曾在我的本子上写了一句话：创意无限。他鼓励我多出好创意，过上好生活。我对他说要倒过来，只有过上了好生活人才会轻松，有了轻松自在的生活自然就有了创意。■产品形象是价值代码■记者：为什么国外企业认为广告招贴海报是吸引消费者注意力的第一步？中国在这方面的情况是怎样的？■旺忘望：招贴是媒体的一种。相对于其他的媒体形式，它有制作快捷、成本低、张贴方便、易于流传等优势。它的艺术手法也灵活多样，已形成了独特的美学魅力。与其他媒体相比，招贴或海报的历史还是比较长的，已有两百年的历史了。在中国的时间就更长了，那时我们叫“告示”。随着大工业时代的形成，印刷术的发展使招贴登入了大雅之堂，艺术的印刷使招贴海报形成一种具有很强传播功能的实用美术。在商品经济环境中招贴更具有了包装产品形象，推广企业理念的强大功能。国外的企业很重视招贴海报的功能，不惜重金请最具才华的设计师为其产品做形象设计。因为一幅好的招贴广告在宣传产品的同时，它也是一幅精美的艺术品，消费者从中能看到企业对文化的理解。在广告无处不在的今天，要使招贴海报能从信息的海洋中脱颖而出，主要看它有没有个性。现在国内的企业也比较重视招贴广告和海报，只不过设计语言仍然比较陈旧，几乎千人一面，缺乏独特的有个性的设计。这个问题不是企业的问题而是设计师的问题。设计师应该珍惜每一次机会，让广告的各种语言与产品进行磨合，为企业塑造出独特的东西。■记者在商品竞争日趋激烈的今天，产品形象对企业在市场上的竞争力有什么决定性的影响吗？■旺忘望：可以这么说，50年代是生产力的时代，70年代是行销力的时代，90年代是形象力的时代，21世纪是信息形象的时代。在讲究形象力的时代，企业的经营形态在受到很大冲击的情况下发生了深刻变化。现在的企业经营，已走向国际化和自由化的趋势。特别是中国马上就入关了，商品的竞争也由产品力，行销力转向国际间的形象战。什么是形象，形象就是企业和商品的价值代码。消费者对商品的观念和信心的浮动，正是取决于商品背后的企业形象力的渗透的好与坏。消费心理实际上成为对形象认同后的一种期望。谁能制造很多期望，谁就有可能占领大块的市场份额，一个企业生产了一种产品就好象生了一个孩子，而有些产品就象“有娘生没娘养”的可怜小孩。这种企业认为有了产品就有了利润，这在形象时代的今天无疑是犯了天大的错误。在同类产品众多、功能品质相近、生产技术和营销水平旗鼓相当的情况下，人们不想再去拥抱或向往那种大文化、一般性的东西了。所以，产品一定要有鲜明的符号感和活生生的品牌形象。形象

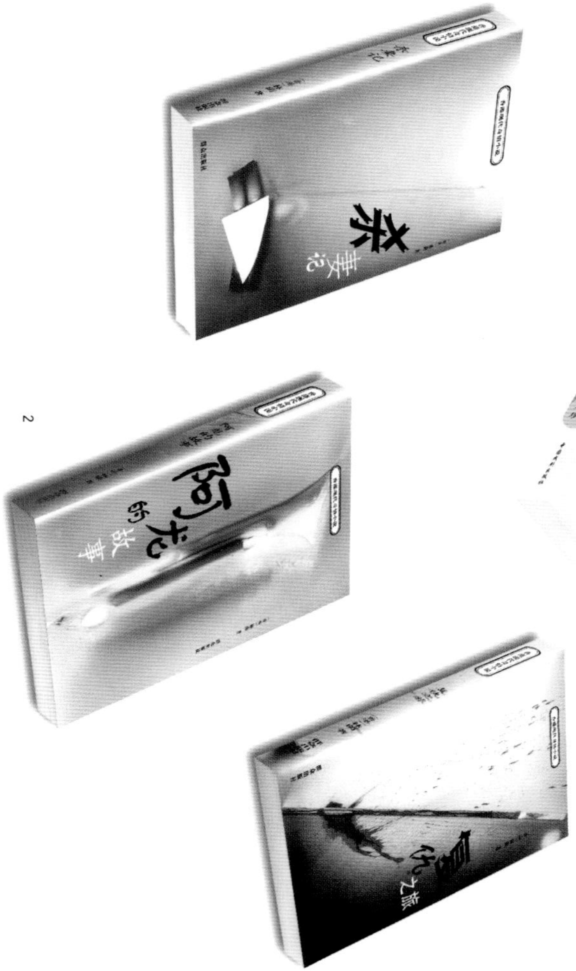

1 三套中国秘笈小说封面设计
2 林荫《杀妻记》、《阿龙的故事》、《复仇之路》封面设计

将是未来企业最大的无形财富，并具有累积效应和滚动效应。■好广告要有人文关怀和艺术精神■记者中国长期以来都比较缺乏一批能够把独特的艺术风格体现在商品品牌设计上的艺术大师，这是为什么？这种状况怎样才能改变？■旺忘望：这主要是环境决定的。中国的商品经济发展不过才十多年，所以那种只有在商业氛围下才能产生的审美趣味就很弱。而中国的设计师又不同于西方的设计师，他们大部分都是学习绘画出身的，整个审美趣味还是在美术训练中形成的，带有很强的纯艺术概念，从意识上是很抵制商业美术的。而设计师的专业身份在西方是50年代就确立了，从知识结构和审美趣味、专业技术与纯艺术家的区别，已形成了一套自己的系统，在多元的文化氛围中充当着很重要的角色。中国的设计业还很年轻，纯艺术家对此是不屑一顾，这使纯艺术的思考和语言实践失却了进入商业美术的机会。而学设计的也仅学会了一些点、线、面的构成，没有学到纯艺术家的那种人文思考的艺术责任心。所以是种双向失缺。好的商业设计必须是二者兼备。这里我可以举个国外的例子。“贝纳通”是意大利的时装品牌，企业的体制是家族公司，发展到一定阶段，他们吸纳进一个至关重要的人物为股东，这就是著名的形象设计师托斯卡尼尼。自从托氏进入后，“贝纳通”的形象大为改观，几乎每个阶段的形象设计推广都要在世界范围的广告业产生波澜。托氏的广告设计从不就具体的产品进行诉求，而是以更广大的文化视角来统摄“贝纳通”的品牌。比如有一组广告是以反种族歧视为主题的，其中两幅给我的震撼最大，一幅画面是一只黑人男子的手与白人男子的手被一个手铐铐在一起，用的是大特写，画面没有一句广告词，但人们可一目了然，两位不同种族却亲如弟兄的一对人，遭受到了相同的命运。另一幅是一个黑人妇女敞开丰满的乳房，怀抱着一个白种婴儿在喂奶。画面整洁，色彩对比强烈，细心的人再看时，发现他们穿的衣服上有一个很小的标志“贝纳通”。这就是优秀的广告，它既有产品信息又有人文关怀，同时又不失艺术的精神。在西方成熟的商品经济中，已培养出很多这样的融艺术与商业设计为一体的新型艺术大师。我想，随着我国经济的不断增长和日趋成熟，也会涌现出一批托斯卡尼尼式的广告艺术设计大师。■记者：你对你如何把事业做得更大有什么设想吗？■旺忘望：主要还是要增加商业知识，特别是了解网络时代的特征。还有就是主动地把自己多年积累的一些主题性创意产品化，让它们尽快进入消费渠道，在社会上产生更具冲击力的影响。这一切都需要我的设计公司具有综合经营能力的体制，我期望着在这方面能与有识之士合作。★

大型文化专题片《百集中国博物馆》版式

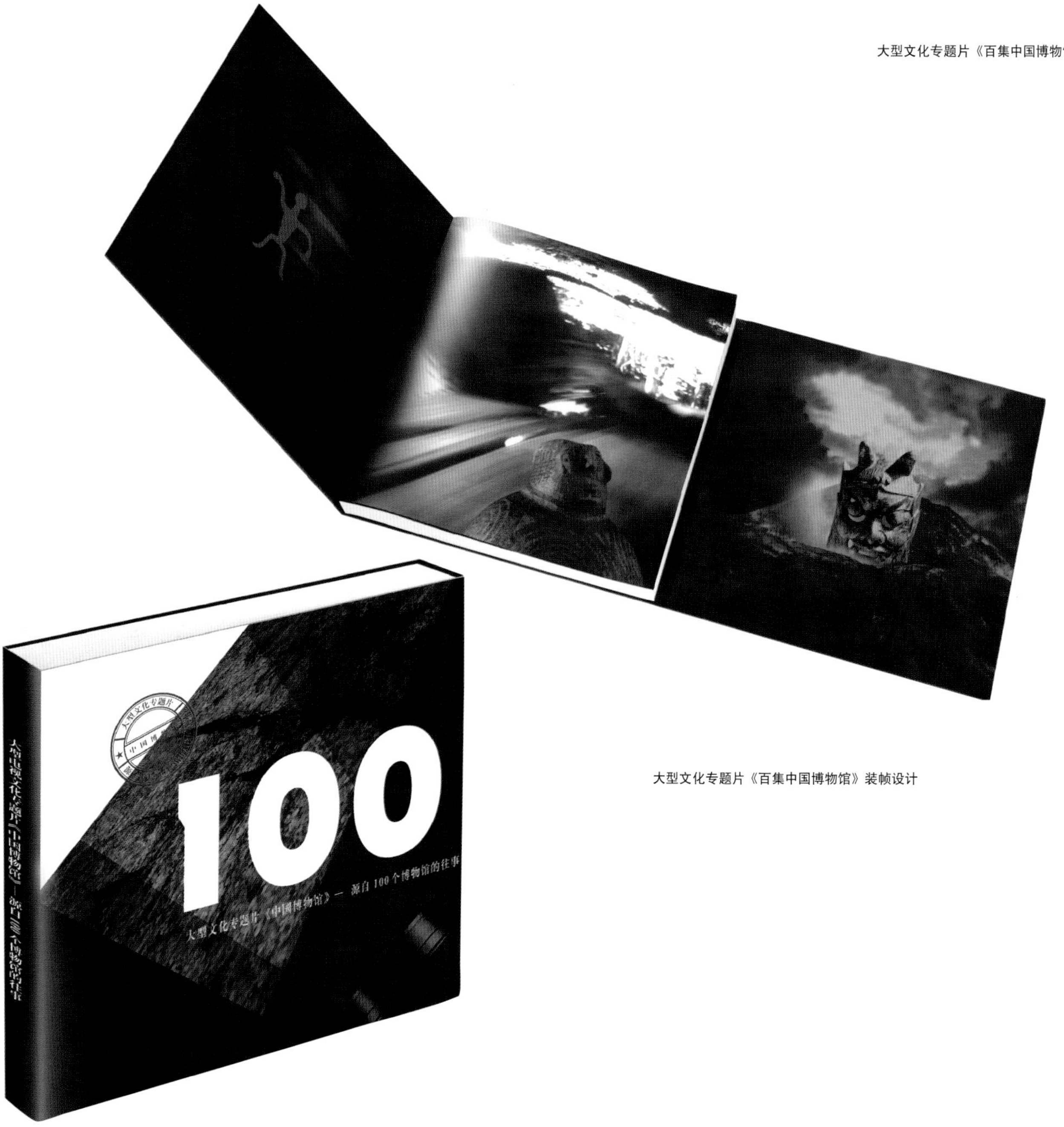

大型文化专题片《百集中国博物馆》装帧设计

2我们活着 We Live Here Now

四川·自贡恐龙博物馆

3寒来暑往 Year in, Year out

天津自然博物馆

4瞬间古老 Glimpse of Antiquity

北京·周口店遗址博物馆

5姚江渡 The Ford on the Yao River

浙江·河姆渡遗址博物馆

6红山遗踪 Vestiges of Hongshan Culture

辽宁省博物馆 The Liaoning Provincial Museum

7陶彩 The ... of Pottery

青海·柳湾彩陶博物馆 The Liuwan Museum of Colored Pottery, Qinghai

36 法门因缘 The Cause of Famen Temple

陕西·法门寺博物馆 The Museum of Famen Temple, Shaanxi

初秋的一场暴雨中，这个明代的法门寺砖塔倒塌了一半。这时，砖塔底藏下那个千年秘密的重现，已经不远了。

它们一件不少，几乎原封不动地出土，一千多件的数量，在考古史上非常罕见。李唐王朝和法门寺的一段因缘，更像是发生在昨天。

Half of the brick pagoda of the Famen Temple collapsed in a storm, and a centuries-old secret buried underneath the pagoda was soon revealed.

It was a rare archaeological bounty when more than a thousand ancient relics, almost intact, were unearthed from the ruins, as if the karma linking between the Tang Dynasty and the temple had just formed yesterday.

37 乾坤之间 Between Heaven and Earth

陕西·乾陵博物馆 The Qian Mausoleum Museum, Shaanxi

乾，在中国古代八卦中属阳性，象征天，象征君，象征父。

乾陵的出名，并不是因为里面埋着的男皇帝，而是他身旁的妻子——中国历史上唯一的女皇帝武则天。她辅了李家父子两代，却摘去了李家政权。十五年后，她又还政李家。她之后的十七个唐朝皇帝，都是她的后代。

[illegible]

[illegible]

世界上一百四十多个国家里，都有供奉关羽的庙宇。佛、道、儒都请他走进门庭，连天子也争着和他攀上交情。民间有关他的流传，延续了一千多年。他，是人还是神？

28 千古一人 Hero of All Ages

山西·运城市博物馆 The Yuncheng City Museum, Shanxi

Shrines and temples dedicated to Lord Guan can be found all over the world in more than 140 countries. The Buddhists, Taoists and the Confucianists alike all embraced him to enhance their esteem. Even emperors vied with each other to befriend him. Folklore about the life of this man has been cited along for over 1,000 years. Is he a man, or a god?

29 十朝围城 Rampart of Ten Dynasties

江苏·南京市博物馆 The Nanjing Municipal Museum, Jiangsu

没有一个城市像南京这样，可以用62个名字来称呼它。二十四百年的历史里，到底有多少人在这里赶上了改朝换代？刀光剑影后的满城荒寞，王气消散后的风华烟水。南京过去了的日子，至今还藏在男女陶俑们衣袖的褶皱中，脸上的笑容里。

Nanjing has had more names than any other city — 62 in all. In Nanjing's 2,400-year history men have clashed here innumerable times, and dynasties have risen and fallen as a result. Again and again, the city would regain its prosperity after that the clash and flash of swords and sabers have died away and its air of imperial majesty has faded. Nevertheless, Nanjing's past still lives on in the pleats of the costumes of the male and female pottery figurines and in their smiling countenances.

40 鸣沙流年 Vanished in the Sand

甘肃·敦煌莫高窟陈列中心 [illegible]

[illegible]

[illegible]

41 丝路流霞 The Shimmer of Silk

新疆维吾尔自治区博物馆 The Museum of the Xinjiang Uygur Autonomous Region

[illegible]

[illegible]

22 衣带汉风 THE RAIMENT OF THE HAN DYNASTY

陕西·汉阳陵博物苑暨考古陈列馆

经过八年的考古发掘，在1999年9月，陕西填出又一份世奇迹：二十一百多年前中国历史中著名的“文景之治”盛况浮出地面。

一段离婚再嫁终成皇后的宫廷生活传奇；[illegible]

In September 1999, after eight years of continuous excavation another sensation erupted in Shaanxi Province: the "Age of the Reign of Emperors Wendi and Jingdi," renowned in Chinese history, appeared once more on the surface of the land.

A legend about a woman who divorced and remarried and eventually became an empress. The two giant mausoleums of an emperor and his empress, surrounded by 90 burial pits and over 5,000 minor graves. Hundreds of armored female figurines mounted on horses were unearthed, as well as countless elegant colored statues both naked and with clothes. They allow us to see the astonishing achievements of Chinese sculpture art before the introduction of Buddhism.

1976年，一个考古者，一把“洛阳铲”，第一下就打到了一件国宝上，二千三百多年前战国时期的中山国由此揭开。

另一个西汉时期的中山国的陵墓在1968年被揭开，由1100克金丝和2498块玉片连缀的金缕玉衣，[illegible]

In 1976, an archeologist borrowed a national treasure with the first blow of his "Luoyang spade," and revealed the Zhongshan kingdom, which existed 2,300 years ago during the Warring States Period.

Another Zhongshan kingdom, which existed during the period of the Western Han Dynasty, came to light in 1968. A burial suit was discovered, made of 2,498 pieces of jade stitched together using 1,100 grams of gold wire, together with [illegible] Evidence had been finally found to back up the [illegible] accounts of the extravagance of Liu Sheng, the lord of Zhongshan.

23 两个中山国 THE TWO ZHONGSHAN KINGDOMS

河北省博物馆 The Hebei Provincial Museum

17 凤凰涅槃 NIRVANA OF THE PHOENIX

湖北·荆州博物馆 The Jingzhou City Museum, Hubei

有一个故事，说古代有种叫凤凰的鸟，每过五百年就要自焚，然后在烈火中重生，每一次的重生之后，凤凰变得更加美丽和华贵。

大约三千年前，有一个叫楚的国家，它的国君自比凤凰，它的国民说自己是火神的后裔，太阳的后裔。最后，这个国家和他的君王，都在火光中隐退了，他们的面容和衣着都还在，他们灵魂的看守者也还睁着双眼。

A story goes that in ancient times there was a bird called the phoenix which was consumed by fire every 500 years and sprang back to life from the ashes. Every time it came back to life it was even more beautiful and majestic than before.

Three thousand years ago, there was a ruler of the State of Chu who compared himself to the Phoenix, and his people considered themselves to be descendents of the Fire God and the Sun. Later, the state and its ruler passed away, [illegible] But we know what their faces and clothing still look like. The eyes of the guardians of their souls are still open.

16 阙里圣人家 A SAGE'S FAMILY ESTATE

山东·曲阜孔子博物馆 The Museum of Confucius, Shandong

中国没有一个家族，能像孔氏家族这样，清楚地记载两千四百八十八年完整的家族谱系，这都是因为孔子的出现。

历代皇帝都推崇孔子，从汉代皇帝刘邦开始，只要有可能，皇帝会亲自从大道来曲阜祭祀，[illegible]

There has never been a clan in China like the Kong clan, which has a continuous recorded history of 2,488 years. And the reason for this is that it produced Confucius.

Throughout the ages, emperors revered Confucius. From the time of Liu Bang, the first emperor of the Han Dynasty, emperors attended the memorial sacrifices to the sage in Qufu in person, or sent high-ranking ministers to represent them. [illegible]

27 铜鼓金韵 TIMBRE OF BRASS DRUMS

广西壮族自治区博物馆 The Museum of the Guangxi Zhuang Autonomous Region

欢乐、恐惧和向往，财富、权力和神圣，这一切，都和二千七百多年前的一次祀祭有关。[illegible]

[illegible]

Happiness, fear and longing. Wealth, power and sanctity. All has something to do with a [illegible] held over 2,700 years ago. Ever since then echoes of the drum beats have [illegible] among the mountains and over the waters in this part of China.

It was only many generations later that the source of the echoes—brass drums hidden in mountain caves or buried underground—was found. Who hid—and completely forgot about—the drums there?

The drums are unique, so is their experience in the human world.

26 帝国的边缘 ON THE EDGE OF THE EMPIRE

广东·西汉南越王墓博物馆

[illegible]

Was it fate? A king's tomb lying 20 feet deep in the ground escaped the depredation of grave robbers, but could not escape a modern-day bulldozer.

Two millenia in the darkness. Once exposed, what will it communicate to its visitors?

And why would a king hide from anything, even in the other world?

1

2

3

4

1 山东省沾化冬枣包装
2 上海丰原可可食品有限公司手提袋
3 山东省日照市赶海旅游手提袋
4 北京雷特世纪网络技术有限公司手提袋

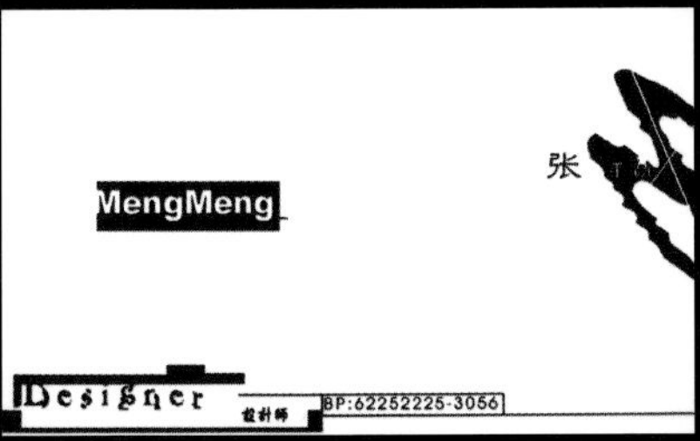
MengMeng
张
Designer
设计师
BP:62252225-3056

余 杰

Airman Chen
陈小林
Director & General Manager
电话: 68917671, 68917788-2203
传真: 68917191
手机: 1371094806
电子邮件: airman@public.east.cn.net
地址: 北京市8110信箱38分箱2204室
邮编: 100081
Yes Data Cultural Transmission CO., Ltd.
Art Direction

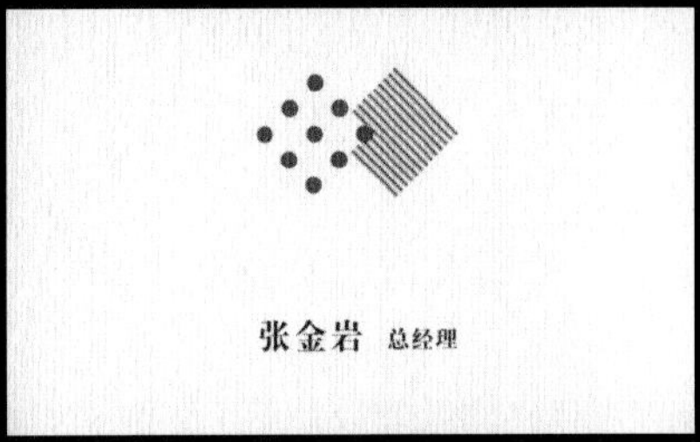
张金岩 总经理

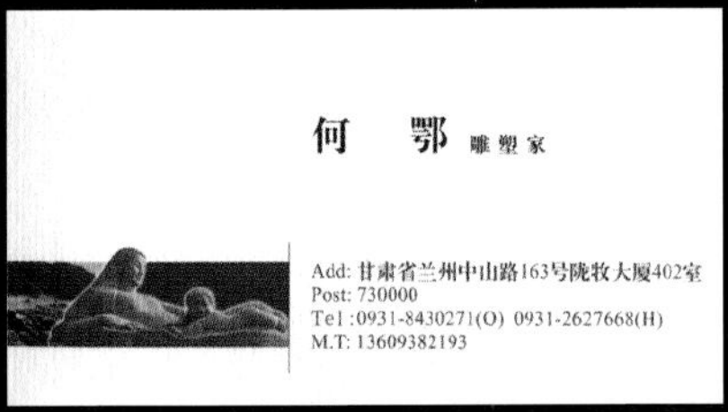
何 鄂 雕塑家
Add: 甘肃省兰州中山路163号陇牧大厦402室
Post: 730000
Tel :0931-8430271(O) 0931-2627668(H)
M.T: 13609382193

电话: 88437658
传真: 88437659
BP: 62252225-3056
邮编: 100089
张平萌 策划部经理

北京远方广告有限责任公司
骆俊瑞
总经理

LIANG HE PING
梁和平
LIANG HE PING

凯尔特音乐光盘

中央电视台 1999 年《新闻联播》数据检索光盘

美国联合技术公司
《海伦・福斯特・斯诺——见证革命》VCD 光盘

安徽丰原集团光盘

"1998北京科技技术成果推广项目精粹"光盘

凤凰卫视《内蒙古蒙古族青年合唱团演唱专集》光盘

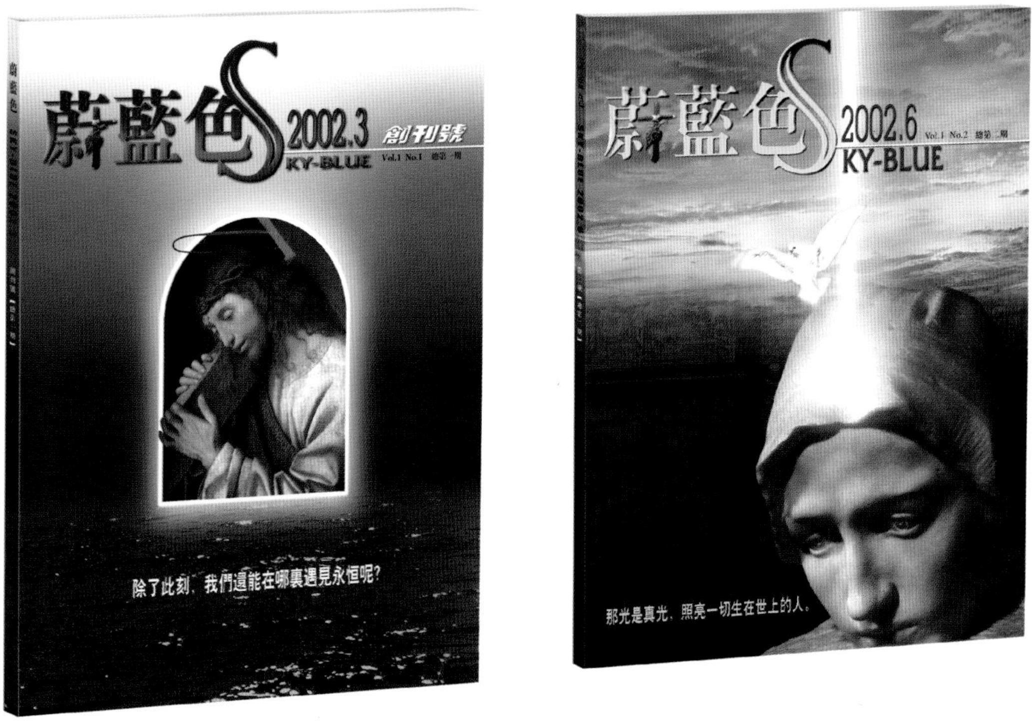

《蔚蓝色》杂志装帧设计

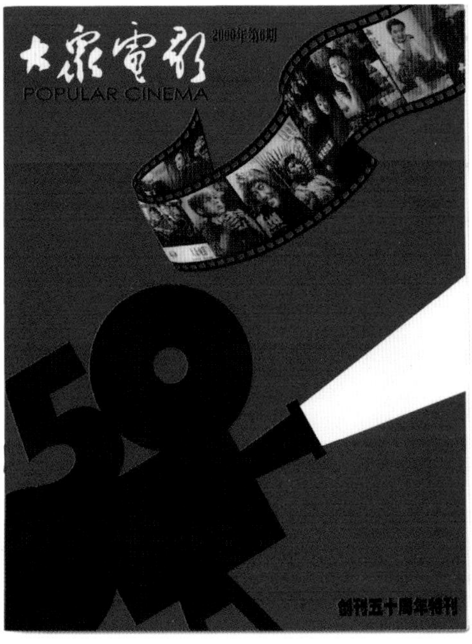

《大众电影》杂志封面设计

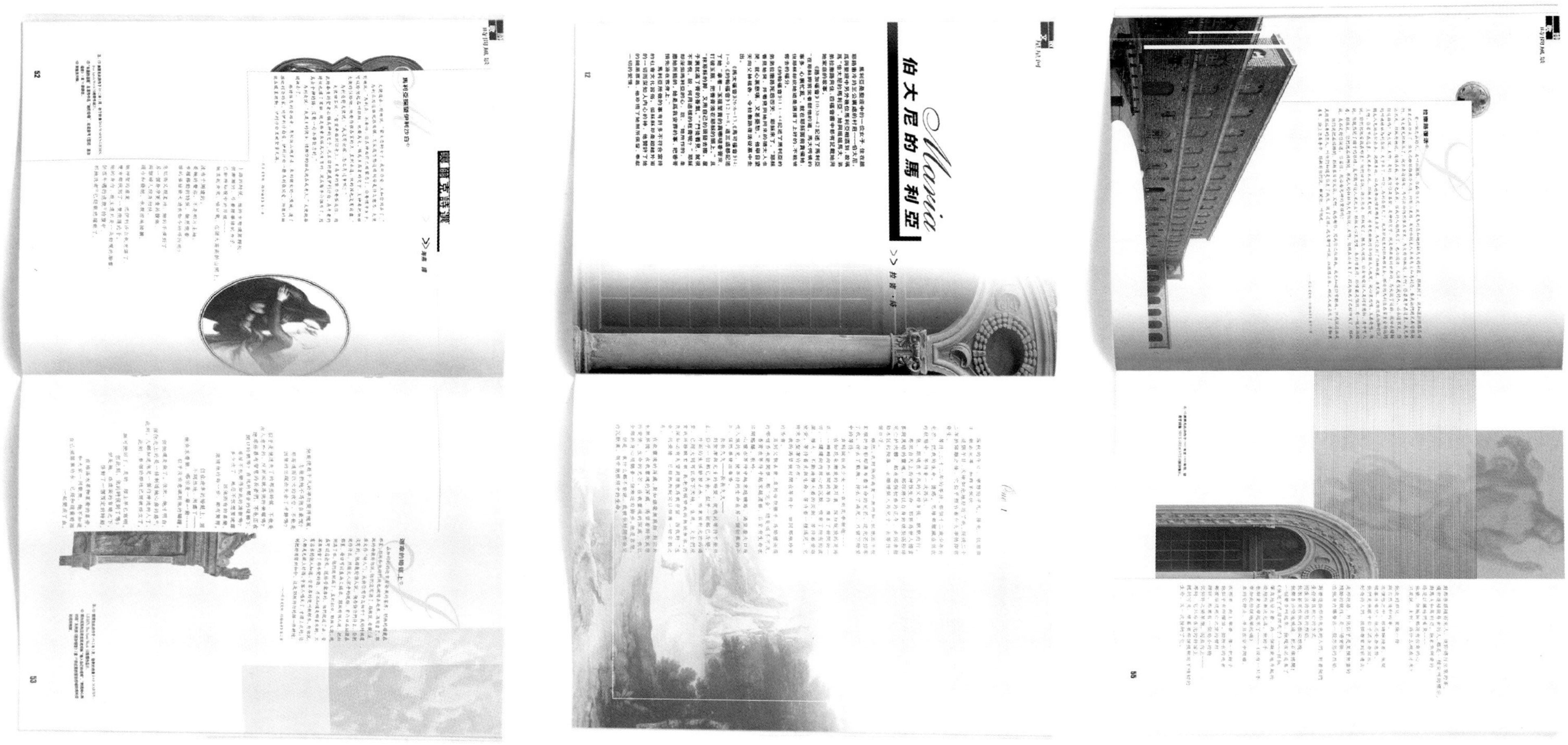

《蔚蓝色》杂志版式

上帝工厂——谈旺忘望的新作《启示录》　　成力

旺忘望最近创作的《启示录》招贴海报，从图形意义上看，不同于米开朗基罗、凡·代克以及欧洲中世纪大教堂里的壁画。先前的《启示录》（如：“最后的审判”）画面空间是纵向的历时性关系，即：上方天堂，中间人类，下方地狱，这种垂直式构图一直延用了很多世纪。而旺忘望此次的创作采用打散重构的现代设计手法，在有序中无序地拉远，无序中却又有序，以多维时空的压缩和浓烈的色彩表现，完全打破了这种传统摸式，用全新的画面结构呈现出一幅天地大震荡后的意象，乾坤倒转，时空交错，不仅突显出《启示录》的神秘气氛，而且，还将现代人物形象引入画面，这与现代人思维含量大、信息阅读快、多维的时空关系相吻合，使《启示录》真正具有了对当下的启示意义，是刺激、是沉醉、是怡乐、是忘我、是咏哦、是救赎、是痛苦、是宽容、是冲突、是态度、是表征、是诗歌、是意象、是生命的个体意义转换成人类灵魂负荷的哀伤。■《圣经》一书的完成，可谓神奇。是由44位作者在不同的地点，分不同的时间分别完成，历经2500年，共计66卷书的总称，且各个部分前后呼应、密切、契合、有致，至今，“一本书民族”、“一本书历史”、“一本书信仰”绝无仅有。《启示录》是其中最末一篇，“启示”的本意是透露、揭示、启发的意思，而在这里是指神将自己及其真理揭示给世人。该卷书的作者使徒约翰，真有其人。据记载，约翰的父亲是渔夫，母亲可能是耶稣母亲玛利亚的姊妹，生性暴燥，但耶稣呼召他时，却立刻舍网别父，跟从了耶稣作门徒，《启示录》简介里是这样说的：他曾为信仰的原故被放逐到爱琴海上的拔摩岛上（拔摩岛今仍在），时间未能确定，约在公元54年－79年之间。在那里，约翰得着神的启示，得知末后必成的事，就记录下来写成《启示录》，时间约在主后69年。《启示录》原文中就有这样的描写：“神、神灵、耶稣三位一体的光向约翰说：所以你要把所看见的，和现在的事，都写出来。”（《启示录》1章19节）被释放后，

1

2

3

4

5

6

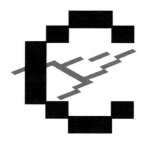

7

8

1 双同婚介
2 正月食品公司
3 信达体育用品公司
4 三成广告有限公司
5 建安石材实业公司
6 华锡投资有限公司
7 长安剧院小剧场
8 中国汽车画报

又写了《约翰福音》、《约翰一、二、三书》。■《启示录》是鄙视黑火的吞噬还是轻蔑戏嘘的言情？你能体会慈父在雷电闪光中对你仅存的温情吗？这是关于人类终局磅礴的史诗、交响乐。其中有关人和物的描写，采用象征的明指暗喻手法，如：灯台中间，有一位好象人子，身穿长衣，直垂到脚，腰间束着金带。他的头与发皆白，如白羊毛，如雪；眼目如火焰；脚好象在炉中锻炼光明的铜；声音如众水的声音。他右手拿着七星，从他口中出来一把两刃的利剑；面貌如同烈日放光。(《启示录》1章14节) ■宇宙的开始和末了的边界，人蘧古就发出问题。屈原《天问》，问天、问自然、问国王和皇帝，混在一起问，希望“与天地兮同寿，与日月兮同光”式的彻底问个明白，却遭尽放逐，投江同去矣；刘小枫在《拯救与逍遥》中把人类同志载道之终极放在了“尼采是被逼到了路的尽头才出来宣告：上帝之死的。”查拉图斯特拉只身在山上承受了十年之久的孤寂，终于毅然走下山来向人们宣告：“上帝死了，你们要做超人。”个体生命独有自在的人，如果不问，自管走好了；走了不干心，才有问；问不明白，才有争，但愿不要太醉心于无喜无忧的发问之间。西西弗斯可以不问，但却命令推石上山何为？不推又怎么样？推上去了还有山吗？推啊推，推上去了又哗啦啦滚下来，再推啊推，又滚下来……，循环往复，以至无穷，人的故事仅此为止，人类体味着荒谬对荒谬之问，去问天累，去惧无喜，是一支不见头不见尾的蠕动大行军。“我们从哪里来？到哪里去？”这最初是画家高更所问，它是感官与非感官、宗教与非宗教，永远的不可企及却又是把握现存生命的凄寂之问。■谁作答？《圣经》。■有《创世纪》为人之始；有《启示录》作人之末。■追求信仰是真的，很难，要勇敢。人如果胆敢不频于疯狂和精神发颠，在绝对不到哪里去的边缘，也不敢问，也不知道：天有边吗？宇宙是什么？我们只是在信念崩溃时寻问：谁造了人？造人干什么？造人好还是不好？彻底的怀疑论最大的激情恰好在死时终结，谁也不知道，告诉不了自身之外的别人，死是什么？死后到哪里去了？现实是相对的，理想是超验的。信念毕竟是种依据，爱抚慰着生存之苦，那么什么是最终、最有可能、能坚定值得景仰的呢？凭借什么来肯定光源的奇迹和生命沉沉睡去之后的完善呢？是佛佗吗？哲学吗？科学吗？更不会是金钱！谁有可能是这种精神“富裕”、“绝对”、“无限”、“永远”本身？唯有上帝。《圣经》正是一本人类关于问和问的界线的奇书。人要造神，可以，但还是回答不了关于天的问题；神造了人，回答天上的问题，全在《圣经》里，界线在于：上帝造人境界之下的拯救，是无条件的。■“把上帝的给上帝，把凯撒的给凯撒。”圣经语录的确十分流行，但圣经语录不是神，因此，创作是自由的、努力的、天才的。神是爱人的神，神爱艺术家，创作何去何从？旺忘望对此精神闪烁、精力充沛、创作欲望强烈，除《启示录》招贴外，还创作了《擦肩而过》1、2、3等系列作品。■人呵，人！何时才能认识自己？旺忘望正是带着终极关怀，经常作如是对自己的分析和深度的批判，然而，神没有回答，神在每个人心里，这是神的秘密。在谈及信仰、宗教和追求的目的时，仿佛看到了画面背后的搏斗与挣扎。旺忘望对神秘超绝共感，对爱感意向有大兴趣，这也是他创作、交流《启示录》的重要原因之一，因此，看他的作品，你能用花样调侃的心情质地驻足在文化、艺术和言词中吗？作者绝不是要这个！画面直接烤问灵

杂志插图《擦肩而过》之一

魂深渊：精神的最高财富究竟是什么？信仰绝不只是温柔的弟兄姊妹的爱意惠临，贴近它、逼迫它，直接拿自己的生命去呼求、去质问、去体会上帝的存在，可拿什么来同构神秘的共感呢？相信上帝，追随基督并不是单纯个人选择信不信的问题，更不是留洋派带进来的流行趋势炒作的门径，而是大家都一样："你有信仰吗？"不同的是旺忘望在坚定信仰的范畴里，用自己平凡的肉身体会了："宗教是一种实践哲学"。人的受造都有这么一种本能，只不过许多人仅仅停留在话语上，宗教语境层面不同罢了。旺忘望要追求"上帝、圣经、自己"，溶汇"打开、敞开"，达到"阳光的高峰体验、生命永在的滚动力度的体验"。但这绝非没有原则，第一：寻问保持、停留在不问天，即神之下，人之中。第二：唾斥加谬、萨特文化语境中的"后设定式"的语言游戏。福柯与尼采不同，不去追问神，而是追问"人间权力是线性的吗？"他喜欢这种追问，接近非线性。天赋人权是什么？没有人权，神权何在？谁赋予讲道人权力？都是神的儿女，如何做人？如何做一个爱神的人？目前，一方面追求信仰的人数越来越多，另一方面却极度缺乏对信仰的历史深度了解。我们对基督教的了解是从西方传带来的，而西方对神的了解，也是执行敬拜在先，然后新教改革，文艺复兴、工业革命在后，至今天，信息和电脑并不构成神的不在，生套硬搬荒唐之极！西方教会历史的成败兴衰的经验和教训，对人的捆绑、压榨、窒息，与中国与每一个人都十分重要，万万照搬不得！相信上帝就应直接呼求，把个人的痛苦、利益、困惑和想往大声说出来，讲给永在、永恒、无限、绝对的倾听者，谁也没有权力以神的面貌、神的口气、神的名义去宣告、去解释、去要求、去指责、去规定、去组织什么事。上帝啊！你是无限的宇宙、永远的光，神是绝对的一元，神之下，人和世界一样，是对立、是矛盾的二元、多元、立交的混合体，人的精神有一个缺口，非上帝不能填满，这种关系永远不变。不同的历史时期争论会有很大不同，界限在人心里。■基督教是宗教，宗教是种形式，离不开特有的、规定的语言和方式，宗教的、人文的、精神的理想与痛苦在历史中形成十分坚固的学说体系和固态模式，是西方模式吗？是二战后的新神学吗？都不是！而是中国自己的，是成功神学，神对他所造之人的成功，肯定是阳光般的喜悦，否则大地不会丰收。■人权之大小于神，神是个灵，就因为神是"道"，是"绝对零位点"，是"永恒"的禀性。我们能规定神是什么，不是什么吗？我们能规定人手所写的《圣经》是什么，不是什么吗？信不信神是每个人的权利，任何人无法剥夺，强力不能换来成就感，神不是人间可以利用的武器。《启示录》究竟是光明煜煜，怿恺欢喜？还是饕餮獠牙，毛骨悚然？作品也不是拳拳之枕的宗教怂恿，更不是忸怩的个人情调渲泻，所以，《启示录》作品本身并不重要，重要的是对通达感悟公义存在的讨论，不追求图文词藻，不希望成为神学的注释或者艺术的显赫，献给坦诚同心同志追求幸福的人们就好，恰恰合丝严缝共感神秘，又是另一幅创作《擦肩而过》的意图：你见到神了吗？以备不虞，是生命时间与宇宙时间的擦肩而过的一瞬间。■让我们与优秀同在。■"只有靠追求超越于人之上的生命的终极可能性，才能实现超越平庸的社会现实的道德理想；只有在善的可能性实现的同时也就认识到恶，个人道德才能得以表达而又不在寻求对绝望与灭的逃避时，被卷入无根据的自傲。"（刘小枫《走向十字架的真》）★

志插图《擦肩而过》之二

文学作品插图

9	STONE 10	China 11	Baden-Louie 12
大众电影 13	现代城 14	15	三辰影库 16
17	TV 18	ROCKEY 19	CITS 20
LTCOM® 21	SYBASE 22	23	北京人民艺术剧院 24
GWIC 25	MOUTAI 26	27	28
中國扶貧 China 29	30	KEMIRA KEMIRA AGRO OY 31	32
33	GUOFENG 34	HEQI 35	Maruyama Design 36

旺忘望服务过的重要客户

1 百事可乐	2 北方工业总公司	3 美国电报电话公司	4 华人杂志社
5 木真了服饰	6 摩托罗拉	7 北京外企服务总公司	8 中国绿色食品总公司
9 廊坊天成天房地产公司	10 四通公司	11 中国对外服务杂志社	12 德国邦德路易润滑油
13 大众电影	14 北京中鸿天房地产公司	15 美国联合技术公司	16 三辰影库
17 北京金海航公司	18 中央电视台	19 北京飞天诚信科技有限公司	20 中国国际旅行社
21 北京雷特电子有限公司	22 赛贝斯软件有限公司	23 小说选刊	24 北京人民艺术剧院
25 长城工业总公司	26 茅台酒厂	27 中国海洋石油公司	28 凤凰卫视
29 中国旅游杂志社	30 安徽丰原集团	31 芬兰凯米拉农业公司	32 解放军出版社
33 山东省旅游局	34 安徽国风集团	35 中国企业世纪论坛	36 亚星玛丽国际时装公司